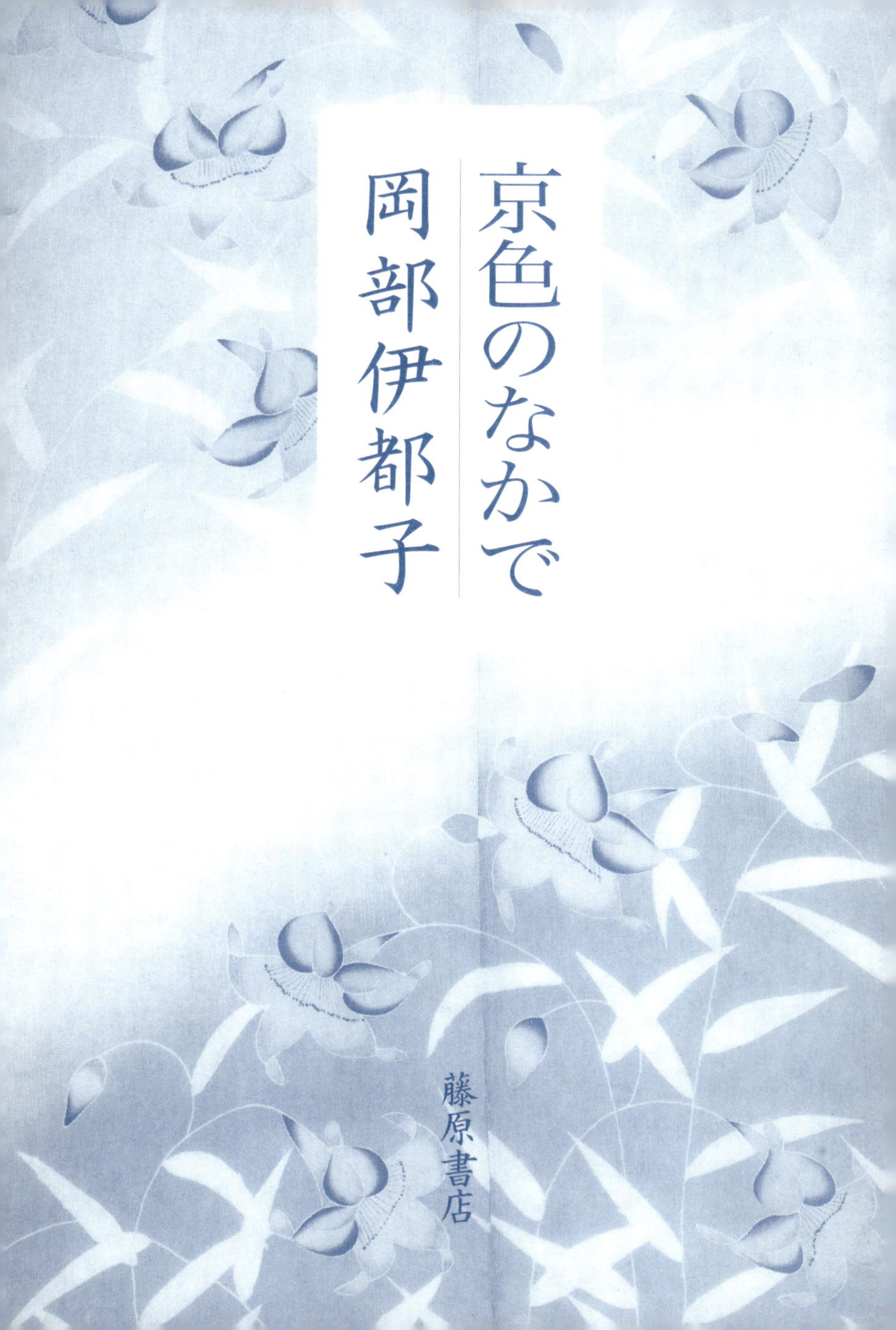

京色のなかで

岡部伊都子

藤原書店

京色のなかで　／目次

藍、永遠に ……… 7

京色のなかで ……… 99

今おもうこと

日常は、生きている間の、いのち舞台。ささやかな刻々の風が、どちらから吹いてどちらへ通ってゆくのか、また急に風のむきが変るのか、一寸さきが全くわかりません。たとえ無風状態のときも、いのちは無常です。

小さな頃から今日まで、数え切れない方々のお力に守られてきました。虚弱な私には、どの瞬間の心にも映る自分の景色が大切なので、その一つ一つを、思いに近い言葉にしてきたつもりなのですが、読みかえしますと、いつも同じことばかり言っています。

このたび思いがけなく、藤原書店から「岡部伊都子随筆集」が、出版されることになりました。

藤原良雄社長は、みごとなお志で民衆史、女性史、自然科学、人文科学、社会科学合体の人間理念を形として生みだし続けていらっしゃるお方、一九九七年秋に初めてお電話で話させていただき、先日お目にかかった堂々のお方。「この出版社から出していただけるなんて」と、恐縮しています。

よく使っている「解放」という言葉に、自分がどんなに自己解放を理想としてきましたかと、今更、むつかしい夢を甦らせたく。

二〇〇〇年九月九日

岡部伊都子

細い物腰と強い岡部さん

水上　勉（作家）

岡部伊都子さんの文章は「藍、永遠に」をよむとわかる。一本一本縒《よ》った糸を、染め師が糸に吸わせる呼吸のような音の世界である。それを再現される天才というしかない、力のみなぎった文章である。

私はこの文章に酩酊してから久しいのである。文中に登場する星野富弘さんの画集が東京の立風書房から出て間がない頃、四条の高島屋が小雨にけむってみえる時刻に甲斐甲斐しく、岡部さんが、家具売り場の前に立って、星野さんの本を待ちくたびれている姿とかさなる。当時は新幹線がなくてリュックに入れて本ははこんだ。私に格別な思い出があって、その景色がかさなるのである。そういえば岡部さんとは大阪で、天龍寺管長の、関牧翁（故人）さんと鼎談した時が最初だったが、高島屋の時も志村ふくみさんがわきに立っていらして、文章に出てこぬ人の息づかいが出ているのも特徴だと悟った。人に会えてこその、山川草木であろうが、岡部さんの文章は人間を把えて裏打ちされて現れるのである。藍が永遠であるように、人も藍地とともに生きている景色。それを感じるというのである。随筆集をよんでその人と会えるたのしみはもちろんあるが、岡部さんはいつもとんぼのように現れては去ってゆく。その物腰の細いうしろ姿が、私をどきりとさせ、その都度、芯の強い岡部さんを感じてきたのも事実である。

岡部伊都子さんは京に住んでおられる。随想が書ける数すくない唯一の人の中にはいるだろう。私はこんどの藤原書店版の本を、そんなことを考えながら読んだのである。

おむすびから平和へ

鶴見俊輔（哲学者）

「自分には病歴だけあって、学歴はない。」

心にのこる、岡部伊都子さんの言葉である。

この人は、日本という学歴社会を、病歴によってたえず新らしくきたえられつつ、生きてきた。

社会へのつながりは、離婚後、ラジオへの投稿からはじまった。敗戦後の立ちなおりはおそく、まだ家々の窓はとざされていなかったので、道を歩く人の耳に、岡部さんの言葉はとどいただろう。

「恋はやさしと言われますが、そうでしょうか？」

道を歩いていて、耳にこの一行がとどき、その一行が一日心にのこるという実例はあっただろう。何年も、心にのこり、自分のくらしによって、この一行の重さをたしかめる場合もあっただろう。

岡部さんは、おむすびの味について書くことからはじめた。それが最初の本である。おむすびは、つくる人の手によって、ひとつひとつ味わいがちがう。

着物のきこなし。これは風土によってちがう。大阪船場にうまれそだった岡部さんは、「裾長めに着つけて足もと優雅に歩きなさいよ」と娘時代に教えられたそうだが、風雨はげしい江戸では、いくぶん裾みじかにキリリと着つけてさっさと歩くのだときいたという。

風土と着かたのつながりに眼がとどく。それだけでなく、それが、戦争と平和とどう結びつくかと、何十年もかけて、食べるもの、着るもの、人びとのしぐさを見わけることをとおして、書きつづけてきた。おむすびから平和へ、その観察と思索のあとを、随筆集大成をとおして見わたすことができる。

ゆるやかさと奔流

落合恵子（作家）

ゆるやかさ　と　奔流
独り居　と　つながり　つなげ
集い　集わせる力
深い許容　と　熱い闘争
やわらかさ　と　絶え間ない意志の力
立ち止まるとき　と
はじけ　ほとばしるとき
いさぎよさ　と　ねばりづよさ
寛容さ　と　不服従のメカニズム
受け容れる力　と　はねのける力

ともすると対立しがちな、これらを
ひとりの内にすっぽりとおさめて
岡部伊都子さんは　立っている
過去　と　いま　と　これからを　むすび。

岡部伊都子　略年譜

一九二三年　大阪に生まれる。
一九三五年　相愛高等女学校入学。結核のため、四〇年中途退学。
一九四三年　木村邦夫と婚約。彼は四五年沖縄戦で両脚に被弾し自決。
一九四六年　結婚。五三年離婚。
一九五四年　朝日放送「四百字の言葉」で執筆生活が始まる。
一九五六年　『おむすびの味』刊行。以後、著作百十余冊に及ぶ。
一九六〇年　上野英信と出会い、日本の炭坑の現状を知る。
一九六四年　吉田美枝子を訪ねてハンセン療養所青松園を初訪問。
一九六八年　初めて沖縄へ。
一九六九年　上田正昭らと『日本のなかの朝鮮文化』誌で座談会。
一九七一年　丸岡秀子と対談。
一九八〇年　徐勝・俊植兄弟のオモニ呉己順の死に駆けつけ慟哭。
一九九六年　『岡部伊都子集』（全五巻、岩波書店）刊行。

組見本 （『思いこもる品々』より、70％に縮小）

古鏡

あの、一九四五年三月、米軍の大阪大空襲で、私の結婚用意に母が準備してくれていた品々は、西横堀の生家とともに炎上してしまいました。

その頃、私は結核の療養のため、泉北郡高師浜《たかしのはま》に長くいたので、こんどは新しく喀血《かっけつ》した母と二人の療養に、やはり松林の環境のいい伽羅橋《きゃらばし》に小さな家を借りていました。

まさか、大阪が空襲されるとは思ってもいなくて、姉はおしゃれな三面鏡《さんめんきょう》が好きで、母の愛を好みのお道具に仕立てて、大阪が無事な間に結婚しました。

女にとって、鏡は「夢」と「現実」。

太古、水たまりで自分をおぼろに見た女たち。各地方の史跡《しせき》から出土する古鏡《こきょう》や装飾品に、昔の同性たちの女ごころや物語が偲《しの》ばれます。

私の思春期、青春期、恐ろしい戦争がどんどんひどくなって敗戦。私が嫁ぐことになった一九四六年は、まだまだ何も無い時でした。

伽羅橋のご近所の方で、私はどんな方か存じあげないお宅のご老人が、古い鏡ならとおっしゃって、江戸末期のものと思われる蒔絵《まきえ》で加飾《かしょく》した円い鏡をわけて下さったそうです。

主鏡《おもかがみ》は直径約八寸（二十五センチほど）の円。合《あ》わせ鏡《かがみ》は直径約六寸（十九センチほど）の円仕立で、同じ蒔絵の化粧棚がセットになっています。鏡を支える細い枝みたいな組みたて。

大切にされてきた古鏡でしょうけれど、

「もうとても使えない」

と、手放されたのでしょう。

「こんな古い鏡で訳に立つの？」

と、みんなに笑われましたが、病気臥床《がしょう》の多い私にはそれで充分。

朱ぶちの細い姿見を足して、戦後五十三年の歳月、さまざまな日々を過してきました。破鏡《はきょう》の日々もまた悲しく。

この間、ブラジルに暮らしている姪《めい》夫妻が、顔を見せてくれました。なつかしさに、

「何かほしいものがある？」

とたずねますと、なんと、

「おばちゃんといっしょに暮していた間、朝晩きれいに拭《ふ》いていた鏡台を下さい」

ですって。

そういえば、長い間、弱い私の面倒をみてくれた姪でした。でも、むさくるしい家で、放ったらかしになっていますけれど、毎日、鏡台無しでは、私も困ります。

金属鏡《きんぞくきょう》の鏡研《と》ぎをみせてもらった時代からびいどろ（ガラス）へ。

これからは？

「今すぐは無理やけど、私がいなくなったらあなたにあげるよう、書いとくわね」

「もの」へのいつくしみ、「こころ」へのまなざし

◆〈岡部伊都子随筆集〉第一弾、二〇〇〇年十二月発刊!

思いこもる品々

カラー・白黒写真24頁/挿画90点
A5変上製/二八〇〇円

古鏡 カンテラ 紅塗の大椀 火鉢 掛時計 花湯 朱塗の小机
くずかご お箸 箸置 花あかりローソク 爪切り 文箆 杖
炭 マッチ 雛膳 桜湯 障子 竹の花籠 包丁 小学校の椅子
お絞り ジョッキ 砥部焼人形 水屋 万年筆 …………ほか

以下続々刊行予定

*タイトルは仮題

◆日々の暮らしのなかに息づく「いのち」をゆたかな筆致で描く。

美 尽きせぬもの

藍、永遠に/京色のなかで/慟哭のお力

◆著者の全身を貫く「へいわ」への祈りを謳う。

魂 真実を語る

ありがたいお出逢い/八月に/かもがわ

慟哭のお力

扉カット　永畑風人

京色のなかで

藍、永遠に

藍、永遠に

身近かな藍のきものをあちこちの壁にかけてみました。近くに寄ると藍が匂います。型染めの場合はその柄によって濃淡の藍色が描かれ、白に映《は》えてたがいが活《い》きています。ほとんど黒く見える部分も、やっぱり藍です。その布の絹、木綿、麻その他、質のちがいで味わいや着心地はちがいますけれど、藍染を着ている時の安堵《あんど》感、落着きを思います。この頃は作務衣《さむえ》ふうに仕立てて、外出着にして。

濃い紺無地の木綿に、みっちり多様な刺子《さしこ》が縫いこまれているきものは、作家の個展会場で、はっと息をのんだものでした。それでなくても藍は材料を強くし、だからこそ仕事着といえば藍木綿が重用されてきたのです。そこへ白木綿糸の細かな美しい刺子。これは、私の想像以上に長くのこる一点でしょう。

昔から男絣、紺絣の凛々しさが好きでした。戦死したすぐ上の兄が少年から青年へ成長した時期、久留米絣の長袖を着て頰笑んでいた姿を覚えています。男の子だって自分の好きなものを、ふだん着にできるのが嬉しかったはず。今でも、紺絣でシャツや服を作って愛用している若人がいるとききましたが。

ひそかに「こころ紬《つむぎ》」と名づけて尊んでいる志村ふくみさんのお作には、草木の精が数え切れないその時の色と成って結晶しています。織りには、糸つむぎの段階から、糸染めの呼吸から、乾きゆく刻々の「その瞬間の天地」が宿っているんですね。

あつかましくお願いして、藍ばかりの無地を織っていただいたことがあります。いつもお心のままに次つぎと色が色をよぶすばらしい色彩交響曲のお作品が多いのですが、これは藍無地。それこそ、蚕のいのちを手《て》よりした糸が、一本ずつ全身で吸いこんだ藍の糸を織りこまれますと、同じ時に染められた同じ藍色でも、布に立体的な深浅が生まれました。それは、もったいないきらめきの一反でした。

いっしょに拝見した年上の女性がほしがっておられたのに私が譲っていただいて、袷に仕立て、星野富弘詩画展のオープンに着せてもらいました。どんな紋付、裾模様を着るよりも晴れがましかった、十三年前のひとときです。あんまりすばらしいので、そのきものは私蔵しきれず、ご恩あるこの女性に献じました。

何気ない草です。

藍、蓼藍《たであい》のひともとは。

しかし、世界各地に、その土地自身の藍があります。そして人類の身を守ってきました。琉球藍の宮古上布《みやこじょうふ》や芭蕉布を藍染めした夏のれん、日常の座布団、クッションにも大切に使っています。

太古からのいとなみを支えてきた美しい藍。洗えば洗うほど冴える藍の永遠性にうたれつづけています。

尽きせぬ展開を

なにげなく初めて拝見に入った木版更紗《さらさ》展でした。ご案内のハガキ作品に、普通でない力を感じて動かされたからですが、その並ぶ一点一点に、熱い骨！を思いました。一九八〇年九月のこと。いつお逢いしても若々しい景山雅史《かげやままさふみ》様ですが、ずっと昔から存じ上げていたような親しい信頼度があります。京の伝統をひきながら新鮮な「自由」が動きます。あくまで「ふしぎをふしぎ」とするおののきを大切に、まず自分が楽しんでいらっしゃるからでしょう。

優しく、美しく、しっかりと同志でいらっしゃる友美子《ゆみこ》夫人とごいっしょにタイへゆき、みごとな更紗に逢われたことが、尽きせぬ展開の基盤でしょう。作っていただいた着物や帯を、どんなにか喜び、心に叶う時に着せていただいてきたか。高年の今は、残念ながら作務衣風の外出着や、ロング家着に仕立直して着せてもらっています。

でも「どうしても」と簞笥の中にそのままひそめている一枚の袷《あわせ》があります。暗い地色なんですが、ひとくちに言えない深い色と模様。この地味な更紗を着初めするのに、面庄《めんしょう》人形展を選びました。華やかな人形たちの中で自分を抑え、その情景を敬する気持ちでしたが、今は亡きご先代がわざわざ近づいて「これはすごい着物ですね」と感動してくださったのです。美しい布には食傷していらっしゃる方が、「これは！」と本気で認めてくださったうれしさ。「もう服にされましたか」ときかれると、あわてて「いいえ、いいえ」って。

また、好きな紫地に、小さな模様を散らせてもらっているのを外出服に仕立て直した時、唐招提寺の森本孝順長老との対談に着てゆきました。着物から服へのいろんな場合、思い出重なる作品です。妖しくも切ない幻風を描きこんだ淡墨桜《うすずみざくら》の着物は、白い花びらの芯が黒ずんでいる桜の面影。いつかこの家の二階で、染め上がったばかりのお作をはらりひろげて見せてくださったことがあります。白い縮緬地だったように思いますが、空の色、動く雲、その幹の墨の勢い……。「ああ、お袖を通して裾を曳いて佇《た》ちたいなあ、着てみたいなあ」と、淡墨桜の精にあこがれてしまいました。若くなったことを若さからの解放だと喜んでいたのですが、この時ばかりは「着たかった」のです。

最初にいただいた金箔刷りこみの布で作った手提げ袋が、ずっと手離せないでいます。それを持って出ると「いいですねぇ」とお声がかかるんですよ。

次はどのような世界が染められるのでしょうか。表現は全身の出逢いですから。

京のきもの舞台

ほんの少し場所が離れているだけで、その山河のたたずまい、気象の変化、他の土地にはないふしぎな感じを味わいます。

ありがたい取材のご縁で、沖縄から北へ点々と十二カ所、最後は北海道の稚内《わっかない》まで『列島をゆく』ことがありました。もちろん、きもので歩きました。海も波も緑も鮮やかに原初の色きらめく亜熱帯《あねったい》では、紅《べに》も藍《あい》も濃く、線のはっきりした柄がひきたちました。

紅型《びんがた》の城間《しろま》家で、京友禅との交流を示す繊細な反物や柄見本をみせてもらいました。藍型《えーがた》を求めて喜び着てみましたが、京の町では、この鮮やかさが浮き立ちすぎました。

水の色もどんより暗く、鳥や魚も色彩らしい色彩をもたない稚内の天地には、稚内の陰影が息づいていました。

きものが好きで、戦争中「お袖を短く切りなさい」と強《し》いられたさびしさは忘れられません。だから振袖はついに着たことがなく、心のこりです。あのお袖のゆらぎ、そして裳裾《もすそ》。動きにつれておのずからの風情《ふぜい》がよりそいます。

舗装道路の少なかった昔、「裾長めに着つけて足もと優雅に歩きなさいよ」と教えられた娘時代でしたが、雨風激しい江戸では、幾分裾短《みじか》にキリリと着つけてさっさと歩くのだとききました。何ごとにも、風土の力が影響しています。

その地をその地たらしめている情況が、その地のいのちを生み情愛をはぐくみ、歴史を重ねて文化を創りつづけてきたのです。

京は千年の都となり、奈良貴族の風俗チョゴリの襟もとをそのまま小袖に合わせて、時代によって刻々と変化する衣文化の舞台でした。豪族から町衆《まちしゅう》へ、そして民衆へ。今はもう誰でもが好きなように着られる解放のきものですね。私は欧州へのひとり旅にも好きなきもので通しました。きものの柄に、遠景近景、今では少なくなった民家や木立、山の稜線《りょうせん》や川の流れが描きこまれています。四季おりおり、どこまでも渋い天の色、雲の色。雪も、しぐれも、時には虹も「やっぱり京の彩《いろ》やなあ」と、あらためて京盆地の構成と陽の光を静かに仰ぎます。

京は、各地方から数え切れない人びとが地域の良さをもって集まり、また、京の魅力を抱き帰りました。年齢を問わず、立場にかかわらず、外国籍の男性も女性も、自信にみちて、みごとにきものを着ていらっしゃる京の町。

平和でなくては、きものが着られません。

自由に、個性をたのしめるきものは、素敵なこころの雰囲気です。

桜を愛《かな》しむ

一九九八年になって、まもなく、私の背丈をこえるような緋寒桜《ひかんざくら》が、沖縄から届けられた。毎年贈って下さる新島《にいじま》正子先生は、もう八十歳となられる由、でも優しく美しい方だ。私よりもお年下に見える。

「ちょうど山原《やんばる》は今からが桜盛りなんですよ。緋寒桜のように元気になってね。こちらからギュッと抱きしめて、気を送っていますからね」

いつもお出逢いすると力いっぱい抱きしめて下さる先生の熱いお力が、伝わってくる。

この緋寒桜は、一カ月、二カ月、若葉の芽を出しながら長く咲く。もう三十年も昔、初めて姪一家の住むブラジルをたずねた時、山の上の療養所のそばに、一本、満開に咲いていたのが、この緋寒桜だった。それが沖縄での対面より前に出逢った紅八重の桜だった。

それまで、桜といえば古都奈良、そして京都。なんといっても春、白梅紅梅にひきつづいて咲き、そして散りゆく桜だった。

遠く近くに、まるで白い雲のように咲いている桜。

私は、あの戦争で航空隊の兄を亡くした。そして「戦争はまちがっている。こんな戦争で死にたくない」と、はっきり言った許婚《いいなずけ》を、沖縄で、沖縄首里戦で死なせた。

幼い時から「天皇陛下の御為《おんため》に喜んで死ね」と教えこまれる教育に育った。戦争中、死者は、とくに若い軍人の死には、桜が引用され「若桜散りて甲斐あるいのちなりせば」などと、咲いたとたん、少しの風にもはらはらと散る桜の花を、散華《さんげ》の美学として教えられ讃えられた。

愛する男たちが、死ななければならない。

自分は病弱だし学問する力も無いから、死ぬ覚悟はしていたが、兄にせよ、婚約者にせよ、その友人たち、近所の青年たちにせよ、死なせたくなかった。

桜の花なんて、町の花屋さんでは、淋しい枝でしかなかった。母と私とが転地療養に移り住んだ泉北郡伽羅橋《きゃらばし》の寓居《ぐうきょ》で、私はひとり空襲のない日、山へはいって、その細い渓《たに》川にさんさんと吹き散った桜の花びらが、ひしめき流れくだるのを見た。私が桜を見たといえる最初の記憶だ。

母が私のために求めてくれた着物で、すっかり気に入り、一生通じて着せてもらった品がある。黒地に、五色の桜の散っている染め柄だ。

まだ十代の終り、このうずら縮緬《ちりめん》の着物には、裾まわしに紅色無地をつけ、帯にも紅色の織物をしめた。私が気に入って着るので、年齢によって地色や五色の色を替え、裾まわしはすこしずつ年に合わせて渋い色をつけた。とうとう五十代では、まっ黒の裾まわしにした。

お友だちも同柄の着物に好みの帯をしめて、よく家へこられた。家でもいろんな地色の桜が着物として花咲いていた集りを思い出す。もう着物がぼろけて、羽織にしてもらった最初の着物も、のこっている。五色の色、水色、ピンク、黄、白、ちょっと渋い紅だったのが、もうすっかり変色していて、まあ、それだけうずら縮緬も年いったということだろう。面白いご縁だ。

桜というとすぐ国粋主義が重ねられ、好くも悪くも、うららかな花見気分になれなかった時代も過ぎ、今は民衆の一人として、鴨川堤の桜の下を歩くようになった。

友人は皆、長い年月変らずに、心を咲かせ合ってきた仲である。小さな酒瓶、お茶も大切に、鴨川のほとりで対岸の桜を眺めたり、その花吹雪の下を散策して、ときどき好みの盃をあげる。今年は無理かな？　とわが虚弱をむしろ肴に、花吹雪に佇つ若き友を見飽きない。

桜の花漬けを一輪、お湯に浮かせて客にもてなす毎日だ。

ま、さくら⁉

やはり東京、また外国からの客人が、声をあげて喜んで下さる。中にはおみやげに老舗の花漬けを用意することもある。沖縄から咲きだして北上する桜前線、七月には北海道に千島《ちしま》桜が咲く。わが庭の四季咲桜。不断桜は寒《かん》の内にも花咲き、匂やかに散る。

これまで幾度、桜を書かせてもらったか、わからない。自分の中に矛盾ぶつかり合う桜への思い。しかし、生きものとしての桜は、桜自身なのだ。

私は、二十年以上も前に書いた「桜の木は知らないことだ」の一文を、尊敬する方が理解して紹介して下さった時のうれしさを、宝のように繰りかえす。


桜の木は、知らないことだ。

人が自分に桜という名をつけたこと。

この国人びとが、ただならぬ愛情の念を抱いて桜を視ること。

木はおのがいのちのうながしにあふれて、花咲き匂うばかり。そして、ただ花散りしきるばかり。人が見ても、見なくても、桜は桜の花顔に生き、花期全身に艶《えん》をはりつめて、その花力《くわりょく》を放ち尽くす。


（『ふしぎなめざめにうながされて』より）

久しぶりの和装

思いがけなく、着物を着ることになった。

久しぶりにはく、白足袋。こちらの足が歪んでしまった、昔のようにスッキリという足もとにならない。

けれど、京都へ移住してまもなく、建仁寺《けんにんじ》での会へゆくことがあって、途中の大和大路四条下ル西側のはきもの店の飾窓に在った草履が目についたご縁。「ない藤《とう》」の草履で、ずっと着物時代を通したから、冬物、夏ばき、何十足となく残っている。

着物にしても、帯締め、帯揚げ、腰紐、襟などの和装小物にしても、私の場合「もういつ終るかわからないから、これ、あの方にさしあげとこう」という気になることが多かった。また、「これ、いいわ」と言われると、すぐ献じたくなる。一種の「あげたい病」のおかげで、どんどん着物類が無くなっている。

さて、紺地の着物に「これなら」と思う帯を二本だしてみた。一つは銀地に箔で二つの山を描いている。一つは白地。これは織で紋様を浮き上らせたもの。どちらも好きで、よくしめた帯だが、人の目には銀箔が美しいらしい。

よし、それでは……と肌襦袢、裾よけ、長襦袢、その上に着物。ようやく一つ一つをきつくしめて着てみたのは、いいのだが……帯をしめようとして、どっきりした。

身体の線が、五十歳頃までのように日常も着物を着ていた頃とは、すっかり変っているように思われる。「そんなこと、大丈夫！」と強いて自分を安心させて帯を胴にあてた。

鏡に映る姿、あら、この帯の幅は広過ぎるようだ。本番の今日、カメラマンや皆さんをお待たせしての着替えだ、今頃気づいても、もう遅い。

取材のお話のあった段階で、一度着てみて、帯の幅を少し入れて狭くしておけば良かった。後ろは写真に映さないようで、前だけ。

今の方がたの帯幅は、どうなっているのかしら。年齢によって、個性によって、素材とされているからだによって、好きなように変えていらっしゃるのか。

尺差しと、センチ差しをだして、計ってみた。八寸二分、二分とまではゆかないが八寸二分近くの帯幅だから、前は四寸一分に近い。今の私には三寸八分か、九分くらいで落着くように思われる。

「生き形見よ」といって次つぎと人様に渡していた時、やはり残して身近かに置いていた帯、いったい、どなたが織り、箔して下さったものか、りりりんとしている。

「伊都子ちゃん、何でも生き形見いうてあげているようやけど、何でも、もらいまっせ」と、八つ年上の姉が笑わせてくれたもの。小柄で弱そうにみえる姉だけれど、私よりもずっと健康だった。

娘時代からハイカラ好みで、女学校を出ると堂島《どうじま》の洋裁学校へ通い、私の服を次つぎと作ってくれた姉。姉は「絶対、三面鏡」の人で、私は江戸時代風の古鏡が好き。姿見を見るたびに、姉の三面鏡を思いだす。

ちっとも、ぜいたくな物を欲しくはない。でも、それだけに、自分の好みの品を使いたい。「はきもの」というと、「なんだ下足《げそく》」といった目で扱われることがあった。でも、娘時代から着物でダンスをしていた人びとは、どんなにはきものが大切か、見た目も造りもいいものがいいのは当然だが、何といっても自分の足である。足もとが大切な出所進退のポイントだ。とくに、どこのお家へ上るのにも、はきものは脱いで、上げてもらう。

足から離れたわが足許が、お玄関に置かれた花のように見える。私が紺の着物に合わせて、紺の色のよく似た麻の草履をはいたら、カメラの責任者が、他の草履をもよく見ておられた。足の裏がよろこぶようなパナマの草履、その薄手の屈折と花緒の気分の良さを、さすが多くの人びとの衣裳、足もとをも撮りつづけてこられただけあって、

「あのパナマの草履は良かったですね。ずいぶんいろんな草履を見ましたが、初めて感じる気

分の良い品でした」

と、おっしゃった。

昔、ひとりで欧州を旅した時、行き合った外国の女性が足もとをチラと見て、「あ、パナマ?」と、うれしそうに指ざされたことを思い出す。「そう」とこちらもうなずいただけでスレ違ったが、ひとり旅で出逢った女同士、思い出すさえなつかしい一瞬だった。

はきものも、「気に入った」と言われてさし上げたことはあるが、さすがによほど足のサイズが合わないとむつかしい。そこへこの頃は、もう夏物まで着物という方が少なくなった。だから、夏の草履のもらい手は無い。

どんどん変化する時代の中で、そして自分が変る中で、やっぱりいい品はいい。そこに宿る着物の夢、帯の夢、はきものの夢。

次は何を夢見ようか。

帯のコート

明治─昭和初期に活躍した名織匠、「喜多川《きたがわ》平八の足跡をたどる」展覧会が催されているというので、西陣織会館へまいりました。いつも、その前を通りながら、なかなか、ゆっくり見せていただく機会がなくて。

修学旅行の方、観光ツアーの方、賑やかに一階フロアに飾られた現在の西陣作品を、京のおみやげにと選んでいらっしゃるようでした。

ところが三階の史料室には人影見当らず、「俵屋十六代喜多川平八織物展」の歴史的、時代の証しである会場を、もったいなくも私ひとりで、見せていただきました。

先だって、『広辞苑』を創られた新村出《しんむらいずる》先生のお宅で、新村先生亡くなられたあと、新村出記念財団理事長となられている国語学者、寿岳章子《じゅがくあきこ》様との対談をさせていただきました。

私は一九五三年、ひとりの生活に戻って、もう四十余年、文章執筆をつづけています。

その出発のころ、建仁寺で催された自然歌会に、恩師安田青風先生ご夫妻がお連れ下さり、その時、新村出先生ともお目にかかってご挨拶したのでした。

「まあ、ここが新村先生のお住まいだったのね」、なつかしさと『広辞苑』からうけた学恩の深さ。床しいお家のたたずまいに、優しい先生の面影を偲んだことでした。

驚いたのは、その筋向いが、何度もたずねさせていただいた喜多川平朗《へいろう》先生のお宅。今は岩倉の方へ「織美工芸たわら」を創って、なお伝承織物研究を続けておられる喜多川俵二《ひょうじ》・晶子ご夫妻のお宅へも、一度寄せていただきました。平朗先生時代の帯も、私が着物を着なくなってから「これは大切にね」などと、姪や友に渡したのでしたが、やはり見ているだけで、触れているだけで、飽きない喜びがありました。

平八先生は、平朗先生の御父上でしょうか、祖父になられるのでしょうか。新聞記事を引用しますと、

喜多川平八は一八六七年西陣生まれ。十一歳から家業の西陣織物製造を手伝い、十六歳で平八を襲名。代々、皇族、公家の装束、室内装飾などを手掛け名作を生みだす一方、一九一三年の旧西陣織物館建設の時には、建設担当役員として腕をふるうなど、産地振興にも力を尽くした。

（『京都新聞』一九九八・三・一二）

『西陣グラフ』誌の表紙も、毎回、伝承の柄、図案を次つぎと紹介しておられます。とてもと

ても紹介しきれない千変万化の歴史絵図でしょう。

平八展の展示三十五点。古典というより新鮮な鮮やかな紋図、御袍裂《おえぎれ》、能装束、百人一首屏風など。今、正倉院御物の文様《もんよう》をみましても、他国の昔の布や造型をみましても、まことにすばらしい意匠なのに、驚きます。

いわば千年、二千年、いえ、永遠の文様が人間の心の柄を創りつづけていることに、感動します。そして質、織物の質も手厚く感じられました。

西陣織会館には、西陣から佐倉常七《つねしち》、吉田忠七、井上伊兵衛三氏がフランス・リヨンへ渡って招来した（『西陣グラフ』一九九七年四月号）というジャカード、木製国産品も展示されていました。

東京への遷都で、時代が急転。機織の新しい出発、荒木小平《こへい》式ジャカードも生まれて。竹内作兵衛のジャカード導入功績が記され、そして「西陣では明治十一年に有力な帯屋の佐々木清七《せいしち》が最初に購入している」とあったので、はっとしました。

「言葉の通じない異国で八カ月間も必死で研修に励んだ」当時の三氏、そして全国から募集した研修生に「佐倉も井上も技術指導」（吉田忠七氏ひとり不慮の死）という熱気を想像します。

京都へ来て初めてご面識を得て今日まで、何彼と教えていただいている上田正昭先生（古代学）に、「佐々木のお母様もいつも優雅なお身なりでしたね」と申しました。

「佐々木清七氏は僕の曽祖父ですよ」と、上田先生。もう二十余年も昔、私は療養のために宝鏡寺さんへしばらく泊めていただいたことがあります。お近くの先生の西陣のお家へたびたびお邪魔していました。何と、そこが佐々木邸だったのです。

布というものは、部屋も、道具も、装うことができます。布を垂らせているだけで心が揺らぎます。もう体力が弱って、正装しての外出が無理でも、長い年月にのこってきた着物を服に仕立て直してもらった品々で、日々を守ってもらっています。

じつは平八展を見ていて、すぐ目についたグレイと紫の織りがありました。桜文様のこの帯を求めて、私は帯にしないで被布《ひふ》式のコートにしました。平朗先生の頃です。下に何を着ましても、短かな袖ですが、このコートを着ますと落着いていい気分でした。そのまま、服にも仕立て直さずに、のこしています。

母の花菖蒲柄

幼いころ、当時は朝早くから一日公衆浴場が開いていて、そこは一日中、その時間帯に同じ顔がぶつかるほど、濃い近所づき合いの場でもあった。

今でも菖蒲湯《しょうぶゆ》とか、柚子湯《ゆずゆ》とかいった、季節の湯の趣が心にのこっている。

私は、ふつう菖蒲とよぶのは美しい花をもたない吉祥の草菖蒲で、「軒しのぶ」に添えられたり、湯に浮かべる香りのものに限られているとは、知らなくて、未だによく似ているアヤメ科の花が、それこそ、「いずれあやめか、かきつばた」、正しく認識できているか、どうか、よくわからないまま。

ちゃんと実物の花々をそろえて、これは何、こちらは何と調べたらわかるのに、怠け者なので、調べる気もないいい加減さ。

木下利玄《りげん》氏のお歌

花菖蒲かたき莟《つぼみ》は粉白し　はつはつ見ゆる濃《こ》むらさきはも

を見て、「母の心、そのままや」と思った。

紫、白、緑、そして直立する緑。

母は、この天を指して佇《た》つアヤメ科の花が大好きだった。とりわけ花菖蒲のつぼみ。ツンとするどい尖端から、ほんの少し口の開き始める気配のころが。

「なぜ好きなの？」

ときくと、いつも、

「姿勢がええもん。紫も白も品《ひん》のええ色やしな」

と言っていた。

シャンとしていたい自分の心意気を、端午《たんご》の花に重ねていたのではないか。同じ紫の色でも、どんなに多くの紫があるか、ひとくちに白といっても、どんなに多様な白があるか。

戦時中の女性の着物なんて、地味な柄だった。とくに当時の母の外出着も、薩摩絣とか、祖母からのうけつぎとか、それはそれなりのいい生地だったけれど、戦争がひどくなると、みんな白い割烹着《かっぽうぎ》を着て、女の人たちの「愛国活動」をしていた。私は病気養生のおかげで、何もできず、何もしなかったが、その私に、母は花あやめ柄の単衣を買ってくれた。

白地に、紫、白、緑の濃淡。

それに手を通すと母は嬉しそうに見あげ、見おろす。思えば、そういう柄なんてついに一生着ることのなかった母が、娘の私には次つぎと四季の衣裳を新しく求めてくれたのだ。

それも、病気の子に。花菖蒲なんて。

あのお召はどうしたかしら。母の許しを得て、家で袴に仕立て直したのではなかったか。もったいない柄の、もったいない袴。

上は縮緬のしなやかな着物だから、しっかり着つけると、しゃんとした。けれど、あの戦争傾斜、敗戦の巷に、それは余りに目立ちすぎた。

「もう、あかんわ。せっかくの袴やけど」


あれ以来、袴をしたことがない。

花菖蒲柄の着物を着たことがない。


長い年月、京都の塩芳軒《しおよしけん》で修業なさった水上力《みずかみつとむ》氏が、東京小石川で「京菓子調進所」をひらかれて、もう二十年になる由。最初のご修業から数えると、二十五年ということで、「京菓子と言えるでしょうか」なんて、それがまた材料も技術も立派なお菓子をいただいた。

昨年、東上した時に、その一幸庵《いっこうあん》ののれんをくぐった。昔、ご修業中の水上氏にお目にかかったことがあるらしいのだけれども、もちろん覚えていない。でももう立派なお弟子さんを何人も養成し、優しい奥様がいらっしゃる。分厚いお手を取ると、うれしくて胸が迫る。このお手で二十五年間、心をこめて美味しいお菓子を作りつづけてこられたか。

ひとときのお出逢いだけで、失礼したのだけれど、思いがけなくご家族みんなで京都へこられた時、わが家へも寄って下さった。

愛らしい少女がお二人。上のお嬢さんが、

「初めて舞妓さんの形になったの」

着物を借りて扮装してみられたようだ。なるほど、着物がなくても、いかにも舞妓さん、に、ふさわしいご様子。下のお嬢さんは、まだ少し先のほうがいいか。

「それで、ぽっくりもはいて?」というと「そう」って。さぞ可愛いかったことだろう。ぽっくりのはき心地、歩き心地は、忘れられないだろう。

はきものの話が出たので、書き足しておく。「久しぶりの和装」の稿で、着物で過した間に、たくさんのはきものをはいて、古い時代のもののこっていること、でも「この頃は、もう夏物まで着物という方が少なくなった。だから、夏の草履のもらい手は無い」と、書いている。

その稿が出された頃、昔から存じている若い女性がみえた。もう四十代におなりだろうか、美しく、着物がよく似合われる。

「あ、この方なら」と気がついて、「夏でもずっとお着物ですか」ときいたら、嬉しそうに「ええ」ですって。それで二、三足をのこして、「夏はきもの」も、みなもらっていただいた。

浴衣——和装の原点

今年も祇園祭は、各地からの観客であふれたという。在日外国人の男性たちも、山や鉾《ほこ》の引き手となって勇んでまわっていらっしゃる。

何といっても、山鉾巡行の前日、宵山は、若い男女の浴衣祭といいたい。こんなに楽しく、こんなに嬉しそうに、若い人びとが浴衣を着ていらっしゃるのを見ると、つい自分も大切にしている昔の浴衣をとりだしてみる。

和装業界の若手経営者らでつくる京都染織青年団体協議会（石川真司会長）は、八月に創作着物ファッションショーを開催する由、早くから「夏の着物」創作デザインを募集しておられた。どんなに新鮮、どんなに自由なデザインが創られることか。和装とか洋装とか考える以前の、下着延長みたいな街着がいっぱい。私は老女デザインとでもいうべきか、これまでの着物や帯や服を、いいとこどりして仕立てていただいたダブダブのズボンや上着を着て、せいぜい出掛けるのは点滴や、ポスト。

何も言わなくても、私の送ったものをくふうして着るものを作って下さる山下満智子さんとは、もう五十余年の昔から、えんえんとつづく仲よし道だ。平気で着せてもらっているが、じつにセンスがいい。山下さんはミシンで簡単服を作っていた昔、私がずうっとずうっと着物を着ていたので、「エプロンぐらいしか、したげられへん」と、いっておられたが。

男の人の着物姿、浴衣姿、「新しい創作ファッション」には魅力がある。兄たちが成長してゆく間にみせてくれた、りりしい紺絣や浴衣の姿を思いだす。戦争のために、すっかり歪められてしまった若者の和装が、よみがえってきた趣きに、喜びを感じる。

私の浴衣のなかで、いちばん大事にしていたのは、自分が一対の生活からひとりに戻ってから、自分のあこがれを託して白の古代縮緬に染めてもらった「首ぬき浴衣」だった。首のまわり、肩から袖、背にかけて大きな紅葉柄が濃紺深藍だった。白地の古代縮緬に。

私が「首ぬき浴衣」をと願ったのは、何かの本で読んだからで、江戸時代か明治時代か、古い風習が新鮮に思われたからだった。

私は昔のように、一つの図案を首まわりに染めて、あとはすっかり純白のままに……と頼んだのだけれど、母も、染屋さんも、白い部分が多すぎるからと、袖の下とか、胴、膝前など、肩よりはずっと小さな紅葉が置かれた。その二色の浴衣に紅い織帯。

まだ三十一、二歳の時だ。女遊びの好きな相手に疲れ果てて、生家へ戻らせてもらった女、いわば出戻りの女が、「今からこそ出発」と冒険したのだろう。

何の終点でも、そこからの出発だもの。

母が笑って見ていてくれたのも、ありがたかった。敗戦後十年くらいは経っていたが、この時の古代縮緬の白無地は、じつに生地が良かった。

もちろん浴衣だから、素肌にまとう。

黒塗の下駄を素足につっかけて、縁側に腰をかけて笑っている写真が一枚、残っているだけだが、いったい、その頃はどういう時に着ていたのだろう。

今だったら、自分ふうに下着をこしらえて重ねただろうに、若いというのはおそろしい。本の通りにと思いこんで素肌に直接着ていた。その縮緬を素肌に着る感触が、なんとも官能的だった。自分が、自分にくずれてゆくような、なやましい感覚。

これはこわかった。

せっかく作った貴重な浴衣だったけれど、これは人さまに献じる気にもならず、すっかりほどいて、まったく異なる冬物の柄を染めて、袷に仕立てた。

ほんとに、何がいいのやら、よくないのやら、さて、袖を通して、行動してみなければわからない。

着る、ということは、着るものに着られることでもあって、「自分」に快いということが、どういう状態をいうのか、はっきり自分を確認しておかないと。

などというけれど、幼い時から今日まで、想像もできない日常的転変があった。確認して、よく知っているはずの自分が、それまでには無かった自分に変ってしまう。「こんにちは」という挨拶は、人さまへ言う前に、新しい今の自分に挨拶する言葉だった。

「こんにちは」

さあ、男性浴衣、女性浴衣、どのようなデザイン大合唱を見せてもらえるのか。

小さな人の浴衣思い出、介護に浴衣の果す役割。古い浴衣の変化した生活の中の姿。

新京都駅ビルは、浴衣、和装の人びとで、びっしりあふれることだろう。昔の「首ぬき浴衣」がそのままのこっていたら、年を忘れてその中のひとりになって着てみたかもしれない。

着心地、人心地

大阪の瀬戸物町《せともんちょう》筋にあったわが家のすぐそばの新一《しんいち》橋を南へ渡ってまっすぐにゆき、今度は新町《しんまち》橋を東へ渡ると順慶町《じゅんけいまち》になった。

幼い思い出は、どうしても娘時代まで。

一九四五年三月十三日の米軍の第一回大阪大空襲で、四散してお顔を見ることも無くなったご近所の方がたも、こちらの心には幼い時の印象のまま、ありありと残っている。

『西陣グラフ』の一九九八年七月号に、お手紙を添えて送って下さったのは、ずっと親しんでいたお昆布の老舗「小倉屋山本」の山本ミツエ様なのに、「まぁお元気で」とうれしかった。

お手紙を拝見して、驚いた。

「お元気で」も、もちろんうれしいけれど、私の「母の花菖蒲柄」文の次の頁に、私が「なんて素敵なお二人でしょう」と感動して読ませていただいた伊豆蔵直人《いずくらなおと》さん、詩子《うたこ》さんのご結婚の記事が、昔から存じ上げている清田《きよた》のり子さんのご文で載っていた。

実は私方の孫娘（長女の長女）が、先月〝ひなや〟さんへ嫁ぎました。唐組みの入った打掛や色直しの振袖など、伊豆蔵様で整えて頂きました。父親に手を取られている孫娘は倖いっぱいの笑顔……（下略）

ていた。

と、山本ミツエさんのお手紙にあるではないか。あっと思ったとたん、私はもう、お電話をかけ

ミツエさんの何と若々しいお声。私と同《おな》い年でいらっしゃるということだけれども、声もかすれ、目も見えにくくなっている私とは比較にならない。いつも「横堀川」とその名もなつかしい山出し昆布を送って下さる。私になくてはならない貴重のお品だ。

そのたびに女学校が同じで、私が病気で通学できなくなったあとも立派な成績でご卒業、ぞくぞくいいお仕事をされている山崎豊子さんや、「小倉屋山本」を支えていらした優しいご当主を思い出す。その優しいお方が、ミツエさんのご夫君。思いがけなく早くに亡くなられてしまったが、忘れられないのは、当時の男性の威張る風習のなかで、あまりに親切なお人柄にうたれていたからだ。

「すばらしいお二方やなあと思うて、読ませていただいたとこですもの。まぁ、お孫娘さんでいらしたなんて……おめでとうございます。ご主人さんがお元気でいらしたら、どんなにかお喜

びでしょうにね」

「西陣・魅せる技」にとりあげられていらっしゃる伊豆蔵直人さんは、父、明彦氏の影響をうけて、幼いころから糸や染め、草木染めに熟達され、次つぎと新しい発見、新しい試みを実現してこられたとのこと。

伝統のなかからあふれ出る視点、実践がすばらしい。「いい感じのお方やなぁ」と思って、糸から染めから織りから、これまで知らなかった作品の写真を見せていただいた。

そして直人さんのご結婚式。清田さんのご説明がないと、こんな陰影の深い布や織りや、色はわからない。

花嫁の打掛は畝《うね》織りの明かるい茜《あかね》色、背の中央・帯のふくらみ辺りにだけ金糸で唐組みが入っている。その他の部分も金糸の経糸が数本ずつ縞になっている。遠目には唐組みの部分が松葉、縞の部分が竹のように、つまり松竹文様《もんよう》に思えた。

新郎ご自身の紬の紋付羽織袴も、花嫁さんの紫とベージュのぼかしの振袖と帯も、「直人さんが忙しい仕事の合い間に二カ月がかりで深く染めあげた紫根《しこん》染めの糸で織ったもの」の由。

この晴れ着に包まれて祝宴の中を歩くお二方の幸福感を偲ぶ。

それまでは洋服づくりに素材や染め表現をたのしんでこられた直人氏が、この結婚のため、花嫁のため、初めてデザインした「〝和〟の世界」だそうだ。

どういう成りゆきでのご結婚だったのか、ミツエさんは「ご縁でお見合したんですよ」とおっしゃっていたが、この直人氏のただならぬ個性と才華を、みごとに理解できる、すべてに調和できる詩子女人なのに、違いない。

おめでとうございます。何も存じあげないのに「いい感じのお二方だ」と感じた私。どんなに日々を充実し、創作し、よろこびを感じ合って暮していらっしゃることかと思う。この写真を撮られたのは、シローハウスの吉野史朗氏で、「ふつう数字とかアルファベットなど客の卓の上に置かれる目じるしには、それぞれ美しい草木染めの色の名が置かれていましたよ」って。

それまでは、「自家製の素材」でいろんな染めや織りの洋服を作っていらしたらしいが、これからは、きものや帯もつくられるのではないか。きものの形の美しさ、ほんらいの自由さにも、ますます愛が備わるにちがいない。

私はもうちゃんと着物を着る体力が無いので残念だけれども、このお写真を見ていて思ったのは、「さぞ、着心地がええやろうなぁ」ということだった。

絞りの椿

もう三十年近い昔のことになります。

当時、京都北白川に住んでいました私の住まいへ、不意にこられた女性がありました。関東にお生まれのしっかりしたお考えを持っていらっしゃる方で、「染めを習いに、京都へ出てきました」とおっしゃいました。

東京の展覧会で見られたらしい辻が花染。

やっぱり京都へゆこう……と、思い切って出てこられた勇気。ご両親はお嬢さんが関西へゆかないで結婚して同じ土地に住んでもらいたいと願っておられたそうです。優雅な辻が花染は、江戸の染めとはまったくちがうと、あこがれておられたのでしょう。

地道なご苦労ばかり、美しい結果を生みだすためには、なかなか激しいご努力が要ります。すこしゆっくりと、帯やきものを染められるようになって、新作をみせていただくたびに、お父様、お母様にもお見せしたい気持が募りました。

すぐれたセンスが、地道なお染めに彼女の新境地をひらいてゆきました。もう、いつだったのか、どこでだったのかさえ記憶に薄れているのですが、作品で、私のきものになったもの、帯、それははっきりと残っています。

京都での作品展がありました。

東京での作品展もありました。

大体が関東のお人だけに東京展をよろこばれたお友だちとの再会が多かったし、京都での友人関係も広がっていて、時代を充分に活《い》かされたと思います。じっとしてはいられない若い学生さんたちのデモや集会にも参加されて、心の思いを叫ぶりりしいお人柄でした。美の骨、とでも言うのでしょうか、京のあでやかな技の秘めた力を感じさせました。

椿はもう白玉《しらたま》椿が咲いています。

紅椿の木は蕾がいっぱい。これから次つぎと咲きだすことでしょう。中国の「眉間尺《みけんじゃく》」物語の主人公の名をつけられた眉間尺椿も鉢でいただいています。

土のなかにのびている椿の根は、咲いた花が、一輪一輪咲き切って落ちてくる気配を、敏感に感じているのではないでしょうか。椿の花を愛する人びとは、古代以来数えようもありませんが、江戸時代の武士たちは、まるで首を切られたような形に花首が散るのをみて、寂寞感にうたれる人も多かったようです。

私は、薄紫地に大輪の椿咲く帯をわけてもらっていました。また、きものにも同じような椿柄があって、私の好きな衣裳でした。そのきもので、個展に行ったような気がするのですが、うちで知り合われた人びとが多いので、誰彼となく、みんな行く時はお作品を着ます。たのしいことでした。

ところが、まだまだ「これから」という時期に、それからこそが花盛りでしたでしょうに、何故か、急に亡くなってしまわれました。「年賀欠礼のおハガキ」に「誰それが急逝いたしまして」と印刷されるのを見るたびに、心が痛みます。大輪の椿、みごとに咲いてすぐ、散ってしまったのです。

みんな驚きました。「疲れた」と言われるたびに、すぐ「お医者さんに行って調べてもらって！」と叫ぶように（私は弱いので）言っていましたのに、まったく医師の門を叩かないお人でした。どうか、どなた様も、十二分に自分の状態を確認して、ていねいな要心をなさって下さいませ。要心し過ぎることは、ありません。良いも悪いも、自分を知っていることが大切です。「元気」を過信していると危ういのです。

思いがけなく大切な友人が、次つぎと急逝された頃のさびしかったこと。もう、きものを着なくなって、大事な椿のきものは、裾長の夜会ドレスに仕立て直してもらって、姉に見せましたら、すっかり気に入って、家から寺町の「ぎゃらりい」まで、姉はそのドレスのまま行ってしまいました。そのうれしそうな様子を友だちから聞いて、それは、ダンスの好きな姉に「よろこんで」

献じました。

帯の椿が、現在の私の晴れ着です。

みごとに仕立て直してくださる名人が、藤紫の縮緬に、咲く椿を右胸、左脇、背、左袖、右袖口といったところへ散らして、自然な上衣になっています。何ともその襟のたおやかな折れぐあいがいいって、見てくれた人たちが語ります。首のまわりが空きすぎていると感じる寒い日は、そのあたりに、はなやかなストールをまいて恰好をつけ、自分も楽になります。うずら縮緬の生地も、渋みのある紅の椿色も、自分を楽にする気心のしれたものですから、下に穿くものもやはり単衣の無地縮緬で作ってもらった藤色にします。

きもので気に入っていたのが、服仕立てにしても気に入るのは、運がいいのでしょうね。同じ彼女の帯作品でも、キパッと新鮮な黄土色の線を何本も走らせた作品は、片身がわりのように上衣に仕立てられているのですが、ほとんど着る気になれませんの。

とり合わせがむつかしいというか、今の私にはとり合わせるものが無いのです。今度はこれを若い人か、男の人に着せてみようかと思っています。

母の希《のぞ》み

なんとも仕難《しにく》い、素直でない小娘だったのにちがいない。とにかく、本が好きで本さえ与えられれば、おとなしく静かにしていた。

その私が結核になって女学校を休み、家で安静にしていた一九四〇年頃、母はその娘によくきものを買ってくれた。その頃は大阪の夏祭でも、小さな子まできものを着せられた時代。

家に長い間来てくれてはった呉服商の男性が、何彼とみせて母の意見をきかれた。長年のつき合いで、母の好みを知りつくした方である。母は私に、美しい友禅のきものを着せたがった。

「これは気に入るやろ」と、母の選んだ反物を、母は私の寝ているところへ持ってきた。「ええやろ？　これ、どう？」。もったいない話なのに、私は喜ばなかった。

「きものは要らん。本が欲しい」と、そればっかり。母は一目、喜ぶ私を見たさに、りっぱな染めや織りの衣裳用意を見せて心を誘ってくれたのに、本人は冷たく「いつ着られるかわからへん。本代ちょうだい」と、ねだっていた。

それでも二十歳くらいになると、いろいろと私にもきものができた。すこしは起きて、お花の稽古などにゆくようになったから。当時、若くても着られるいい大島《おおしま》があった。私は大島が大好きで、大島だとむしろ、ねだった。あれは、母が大島を大切にしていたからであろうか。

あんなにやわらかものを私や姉に着せたがった母なのに、母自身はいつも、りりしい大島、結《ゆう》城《き》、薩《さつ》摩《ま》絣《がすり》などを着ていた。肩の無い母が、いつもしゃんと着ていた精神的な姿勢が思いだされる。

「いずれは嫁《ゆ》く娘《こ》」と、母が一枚一枚たのしんで揃えていてくれた私の衣裳は、一九四五年三月大空襲で、ごく日常のもの以外は、焼けてしまった。四三年に婚約した婚約者の家のお蔵へ、作ったきもの、用意した荷物が、私より先に嫁入りしていたのに、そのお家もわが本拠と同じように全焼したのだ。

敗戦後の成りゆきを思うと、今でもよく覚えていない。昔、母の求めてくれたきものを、私は当時、私の見舞に来てくれる友人たちに「心ばかりの形見」として一枚ずつあげた。それは敬意のしるしだったが、母が心いっぱいに病む子をいとしんで求めてくれていたきものの数々、ずいぶん高価な絞りや本大島まで、自分のしたいように、献じていた。さぞ、さぞ、それを黙って見ていた母は、どんなにか辛かっただろうに。

お互いに空襲に遭った友の一人が「あの時もらったきものは無事よ」と言われた。母のさびしさを考えずに、どんどんあげていたことが思いだされる。

母はじっと黙っていた。

その深愛の母に、私は何にもできなかった。

一九五九年五月、突然亡くなった母。私は一九五四年から執筆生活をはじめることができて、母はそれを尊んで喜んでくれていた。

おかげで廃墟の中で行方のわからなくなっていた昔からの呉服商の男性も、きもの姿とはまったくちがう労働着で、でもやはりいろんな呉服を持って来て、相談にのってくださった。母を昔から知っているその方が見えると、母も何だかうれしそうで、安心して話していた。

こちらは母にしてもらう一方の女の子、もう、自分の働きで生活をするようになったのだからと、母に、「何かほしいもんがあったら言うといてね。とても役には立たんかもしれへんけど、できるだけ探してみます」と言ったら、母は「そうでんな。まだ不自由なことはないし、べつに欲しいもんてないけどな。もしあったら買うてほしいもんがありまっせ。それは、細かい市松模様の大島や。それと、夏の博多帯も一つ……」

それまでは母のお誕生日にも、せいぜいお草履や下駄。そのはき初めに、いっしょに大阪へ出て歌舞伎や文楽を観にゆくことにしていたけれど、母は、すごい。もう七十歳は超えていたのに、私も考えたことのないような、すばらしいきものを註文したのだ。

ああ、市松模様の本大島。

「よう探したげてね。高いとは思うけど、何とかして、お母ちゃんを喜ばせたいねん。あるとええのになあ」

出入りの呉服屋さんに頼んで、ずいぶん探してもらったのだけれど、見つからなかった。市松模様の大島を新調して、「え？　似合いますか？　どうです……」と澄ましている母を想像する。さすがに母、よく似合うものを知っていた。その袖からチラとみえる長襦袢や、好きな帯、ほんとに何とかめぐり合いたかった。きっと、きりっとした母のシルエットがいっそう引立ったにちがいない。

だのに、とうとう求められぬうちに、母は脳溢血で急死してしまった。私の申しわけなさ。母の持っていたきもの類は、遺品わけということで一番上の兄や姉、叔母などに持ってもらった。母の香りのする脱ぎ捨ての絣は、戦死した兄が少年の頃はじめての長袖にして母が着せた久留米絣だった。息子の遺品を、ふだんに着ていたのだ。

そして、終った。

西陣帯のせかい

「今年も梅の花の帯、花の季節の間ずっとしめておりました。うれしくてうれしくて」もう二十年余り昔のことになるでしょうか。美しいお方にと献じた梅の花の帯を、今も大切にしめて下さっていますとか。

こんなお便りをいただくと、こちらもうれしくてうれしくて。でも、もう忘れてしまって、どんな帯だったたか、思い出せませんの。

西陣織のすばらしさは、今更、讃えるまでもありません。気品の高さ、艶やかさ、織技の奥行、色彩の自由・無限、などと綴っていますと、上田啓一郎著の『京を織る――西陣帯に見る京都』(光村推古書院)のみごとな詩的五項目に、自然に重なってしまいます。

私は一九六四年から京に住まわせてもらっていますが、京の日常はすべてが絵です。初めて嵯峨野の竹林を歩いたこと、大覚寺の池堤のやわらか桜、まるで一枚一枚手で置いたかのような散り紅葉、空を仰げば雪も、雲も、月も、星も。遠山の線も、流れ川水紋も、田畑も、雷光も。どこのお家もみんな飽きません。

その、刻々に移り変わる京の四季。変わらぬ四季の景観が、長年にわたって絵画作品を生み、着物、帯の意匠となって装う人を喜ばせ、町をかがやかせつづけてきたんですね。よそへ出るまでもなく、わが家の二階から隣の屋根瓦に降る雨やみぞれを見ましても、名画の境です。月にさそわれてお琴を弾きながら全身、美感覚を味わわせてもらいました。

桜の帯では、喜多川平朗先生の織られた帯を大事にしてきました。あの西陣のお宅へ何度もおたずねして、大胆な構図の帯も、幽艶の桜の帯も友に羨ましがられました。なつかしいお家のお向かいが、『広辞苑』を作られた新村出先生のお宅。まことに日本文化の中心、西陣でした。

帯は、帯だけで装いを完成することはできません。着物に何を着るか、帯でどうひきしめるのか、この調和がむつかしいのです。

私は大好きな桜の着物に、喜多川先生の桜の帯をしめてきました。自分の好みのせいでしょうか。長い年月、それは、ぴったりでした。その帯も、もう姪や甥の家族へ渡り、姉の娘時代にしめていた袋帯はまだ私がしめています。昔の帯はモダンです。きらびやかで、渋い。

西陣が西陣織りなればこその新鮮な美学で、家具や扉や額など世界のうちにはばたいてほしいものです。

花木ひとつ、野草ひとつでも、そのどの部分に重点を置いた西陣帯とするのか、これは織られる方《かた》の心の呼吸でしょう。羨ましい織技を私も習っておけばよかった。もし織りの力があったら、どんなに多様な想像力を味わったことでしょう。

京へ移り住んで初めて仰いだ牡丹雪降りしぶく夜の満月。数え年七十七歳の私の夢は、「虚空《こくう》の贅《ぜい》」と題した一文にのこっています。牡丹雪斜めに降る黒い縮緬衣装に、帯に望月。雪片一粒一粒が光ってみえたあの満月を西陣帯としてしめたいものです。あの時は百八つの鐘が鳴っていましたよ。鐘の余韻まで織りこむことは無理でも、空間余情は感じられるでしょう。

もったいないことですが、時に好きな西陣帯をクッションにしたり、机上のテーブルセンターにしたり、軸装にしたり、置物の下にしいたり……。活かさない方が、「もったいないでしょ」と、居直っています。

こんな、ぜいたくな西陣帯のせかいに、感謝はつきません。

いよいよ美しくあれ、西陣帯！

桜によせて

きもの

数え年十九歳の時、母が神戸で買ってきてくれた桜柄のきものをはじめて着ました。縮緬の黒地に、五色の桜が散らせてあります。一輪一輪しっかりとした桜の花の形で、決して花びらを散らした形ではありません。

それまで自然のない大阪の町っ子であった私は、桜に好感をもっていませんでした。当時は「若桜散りて甲斐ある命かな」なんて句が新聞にのっていたように、戦死と桜の散りようを重ねてサクラ咲く国の戦争を讃えていたのですから。

水色、黄、うす紅、白、濃紅《こきべに》でしたかしら、黒地の上に点々と置いてある五色の桜の型染め着尺、けっして裾模様風ではなく、どこから裁《た》ってもいい友禅だったのですけれど、一目で好きになりました。それが友人たちの気にも入って、この型を染めた色々な好みの地色のきものが生まれました。黒地だったおかげでちっともこちらの年齢が気にならず、結局一生飽きずに着ているような気がいたします。

戦争がひどくなって、大阪の家は空襲炎上してしまいましたが、私は大好きなこの黒地五色桜のきものを、母と二人療養していた高師浜《たかしのはま》近くの借家まで持っていっていましたから、助かったのですね。

戦争はいやだ……戦争がなかったら、この黒地の桜きものを、振袖にして着て歩きたいのに……と思ったものです。近くの丘へ焼きものに出来る松笠を拾いにゆきました時、谷の小川にあふれて流れている桜の花びらを見ました。

姪が成人しました時、私はこの柄のきものを作ってあげました。桜といえば小桜小紋《こざくらこもん》のきものも色々な色で着ました。十九歳の時の縮緬は、五十歳ぐらいまでは帯の色を地味にして着ていましたが、そのあとは羽織に仕立て直して着ています。

もう生地もしなやか過ぎて薄くなりましたし、五色の桜の色もすっかり古びてしまいました。

長襦袢

あの黒地五色の桜きものの柄型で、色ちがいの長襦袢《じゅばん》を作っています。もう六十歳の頃に作ったものしかのこってませんが、渋い紫地に水色濃淡ぐらいの桜にして。

いくら縮緬が好きでも長襦袢には無理ですからしなやかな絹で、どんな色でもいいの。

また、小桜小紋の文様は、きものだけではなく、上に着るきものと調和のよい色を選んで長襦袢を何着か作っていました。

だからきものが大きな桜柄でも、小紋型の長襦袢を……すると羽織までが小桜小紋、半衿まで小桜小紋……みいんな桜です。

黒地に白の小桜小紋のきものも作って、ずいぶん長く着ました。その下には黄地の小桜小紋の長襦袢です。だんだん地味なとり合わせになっても、それはそれなりの桜衣裳と思ってよく着ていましたが、もうきもので外出するのがしんどくなってきました。

かといって、黒白小桜小紋のきものは、上下にわかれた家用スラックスにしてふだん着に着せてもらっていますが、みすみす服にしてしまうのも惜しい美しい長襦袢。きものとちがって、どこか艶《えん》なのですね。

そうだわ、長襦袢を夜具ぶとんにしましょう。思いついて、厚いのや薄いのや、綿の大きさを考えて夜具にしてしまった長襦袢もあります。そうなるともう、うちの庭木のように、四季桜です。夜桜みたいに咲いています。

小さかったお嬢ちゃんが、成人してきものを着られるようになると、うれしくて何かを献じましたが、やはり春、桜模様の長襦袢が案外多かったのではないでしょうか。

今でも思いだしますのは、白地の紗綾形地紋《さやがたぢもん》の綸子《りんず》。純白の長襦袢なんて、気韻高くて、母が存命していたら叱られたかもしれません。その、やわらかな綸子の中のあちこちに、縫絞りの紅色桜を散らした長襦袢がお気に入りでした。だから、なかなか手離せなくて。どなたにさし上げたやら、わからなくなりました。

手袱紗

うちに残っているのは、一枚物で三六センチ四方の縮緬です。小袱紗《こぶくさ》とか手《て》袱紗とかいわれました。私が縮緬を好きなことをご存じの矢島美佐子さんが、しぼ豊かな縮緬で作ってくださった紅地に白く桜花びらの散った小袱紗。

東京での辻が花染展覧会を見て、すっかり辻が花染に心酔してしまった美佐子さんは、遠くへゆかないで、結婚してほしいと願っておられるご両親の願いを無視して、京都の辻が花染の老舗へ修業にはいられました。

それこそ、三十年の歳月を地道な訓練でどんどん力をつけてゆき、私も、きものから帯、帯あげ、座ぶとんほか、何点を作っていただいて、大切にしていたかわかりませんが、数年前、突然の高血圧で亡くなってしまわれました。

きものはドレスになって、姉に献じ、自分の服に仕立て直してもらったものもあります。もう若い人に献じて、何もなくなってしまいまして、この小さな袱紗、白い桜花びらの下に「美佐子」と印も染められているのを、なつかしく見ています。

あんまり鮮やかな紅色なので「何という色かな」と山崎青樹著『草木染日本色名事典』を出してきて、近そうな色見本の頁を開けてそばへ袱紗をもってゆき「これかしら、いや、こっちかな」と見ていましたが、簡単に紅といっても、何とたくさんの色のちがいがあるのですね。珊瑚色《さんごいろ》、緋《ひ》、本紅《ほんべに》……「あ、これ」と思った濃紅《こきべに》をご覧になった男性の客人が、「いや、こちらの方が袱紗の色に近いですよ」と韓紅花《からくれない》を教えて下さいました。

なるほど、そう思って見直してみんなで比べてみますと、韓紅の方が明るいんです。濃紅は深紅色ともあって、少し渋く沈んでいるのでした。

今、縫絞りの花びらに短い糸がのこっていたのを、美佐子さんの名残とぬきました。

桜湯

京都へ来て、桜の花漬けを湯に浮かしてたのしむ桜湯の趣きを知りました。

はじめは、桜の咲きだす三、四月頃だけをたのしんでいたのですが、もう年が新しくなると、すぐ客人にもてなします。お湯さえあれば優雅に。

せっかくの桜色がひきたちますように、お湯呑、茶托などを選びます。その器によって、容量の大小によって、桜漬けを一輪入れたり、二、三輪入れたり。この判断は、少しは慣れがいるでしょうか。

「これはなんですか」と、中をのぞき見られる客人に、「桜の花を塩漬けしてあったものです」と申しますと、「お家の桜ですか」なんておっしゃいます。とんでもない。こんな立派な八重桜はうちの花ではありません。

寒《かん》でも、秋でも、一年中花を咲かせているわが庭の桜は、四季桜とも不断桜ともいうそうです。それはやはり春がいちばんはなやかで、すこしは八重《やえ》気味なんですけれど、この、売られている花漬けの桜は、ぼったり豊かな八重桜。どこの桜なのでしょうね。

いつも求めるお店の桜花漬けを、はじめてじっくり見てみましたら、「名称漬物（梅酢漬）」と記されています。「桜の花、梅酢、食塩」ですって。私の舌が、鼻が、利かないんですね。梅酢が使ってあるとは、想像しませんでした。

もう十年余も前でしょうか、アメリカの女性で日本中世史《ちゅうせいし》の研究をしていらっしゃる学者バーバラ・ルーシュ先生が、京へ来たからと寄って下さいました。

ちょうど桜があったので、すこしゆったり目の桜湯をさしあげましたら、さすが日本を愛して深く研究して下さるお方で、「桜の花がお湯の中で咲いてる」って、とても喜んで下さいました。あんまりお気に入られたので、おみやげに花漬けをさしあげました。庭の桜も散り落ちている花びらをひろい上げて、そっと洗ったものを、湯の上に散らしてもてなします。

夏支度

夏は風……。

流転の一生で、いろんな土地のいろんな家に住まわせてもらいましたが、思えば、どこも、今風のハイカラ住まいではありませんでした。

現在の住まいも二十四年前に、「どんな家かしら」と見に来て、ほんに風通しのいい大正末期の日本建築なのに納得して、宿替えしてきたのでした。

ありがたいことに、「あ、もう夏支度しましょ」と、助けて下さる方がたがあります。うちの二階はたった二間なので、力を合わせて襖《ふすま》をとりはずして部屋それぞれの細かな簾《すだれ》をかけて、額《がく》や床の間、すっかり夏座敷にかえます。

東を開けると比叡山がのぞいて、南は隣接するお隣さんご近所さんとともに仰ぐ空、西側の窓から道の門がみえ、とにかく、すがすがと風が通るんです。

客座布団も、沖縄へ初めて行った時、すぐにおたずねした喜如嘉《きじょか》で、芭蕉布《ばしょうふ》造りの名手、平良《たいら》敏子さんのお作を求め戻って、きものや帯はもとより、夏暖簾《のれん》や夏座布団にして、毎年、うちの夏風俗にさせてもらっています。もう三十余年も前だから求めることができたので、今ならとても高価で、一枚分も求めることはできませんが。

虫干しがわりに、ゆっくりと入替えします。冬ものから単衣《ひとえ》、薄《うす》ものへ。もうほとんど、きものを着ることがありませんので、浴衣まで家着に仕立て直して着せてもらっていますが、やっぱり、どうしてもきもののまま置いときたいのが、花火柄の紗《しゃ》紺地です。闇の夜空に、パンパンとのぼり爆《は》ぜる花火。山下清氏の「両国の花火」の柄を、花火だけ肩に散らして作ってもらった夏衣裳です。

そうや、風鈴風鈴。秋に風鈴をとりはずしてしまっていた箱に、家中の風鈴がはいっています。「あ、いいこと……」と言われたらすぐにはずして「お家でどうぞ」とさしあげてしまいますから、今、吊しているのがどうしてもらったものやら。冬の間もはずさなかった唯一の鉄風鈴は、姫路名産「明珍風鈴」です。鉄製作で知られたお店が、昔の火鉢に使っていた火箸の短いのを四本吊した形の風鈴を造られ、その音のすばらしさに姫路へ行った時、求めたのでした。

山田無文《むもん》老師も、この音を愛されたのでしょうね。その御句「只清風の到るを許す」が、下の短冊紙しおりに書いてあります。私は「清風」の人でありたい……それで一年中吊しているのです。

お迎えの、打ち水した門内へはいってみえた客人は、文明乗物に疲れた心をふうっと放たれるようです。扇風機・団扇《うちわ》の用意はありますがエアコンは何もしていません。蚊遣《かやり》に頼って、蚊帳《かや》はありません。

お隣から、ときどき釣ってこられた鮎の塩焼をいただきます。焼き立ての香りのいいこと。関東ではほとんど用いられない鱧《はも》の落しや、鍋、付け焼もなつかしい幼なき時代から親しんだお味。土用といえば、うなぎでした。そして蛸《たこ》のお酢。焼き方は異なるようですが、うなぎはどなたもお好きなようですね。西瓜・麦茶も欠かしません。

かっと暑い日照りには、庭の蟬時雨《せみしぐれ》が元気いっぱい。姉が「カセットかしら」というくらいで、自然の声が元気なのです。そして夏祭。七月十七日の祇園祭の翌日は、清水焼団地へ陶器祭にゆき、好きな器を探します。近くの鴨川の川床で過した過去の幾夏もの思い出。また河川敷を散歩した人びととの思い出。

少女期に「待てど暮せど来ぬ人を宵待草のやるせなさ」の歌を教えられて、宵待草にあこがれていました。でも、それは月見草のことなんですね。沖縄の島々でも道ばたに咲いていました。古い伝では待宵草。夕刻から花ひらく花の風情。また合歓《ねむ》の木を並木にした通り近くに住んでいたことがあって、この美しい合歓の花が夢を奏でてくれました。炎暑の光を遮る日傘を購う時に、合歓並木に似合うものをと思ったものです。

ふるさと大阪、御堂筋の銀杏並木のみならず、今住んでいます京の紫明《しめい》通りにも銀杏が青空を背景によく伸びて天を指しています。庭にも一本くちなしの木を植えていますが、現在の鴨川河川敷にもくちなし林が作られています。

あの敗戦の決まった日、私は母と大阪府伽羅橋《きゃら》の小居にいましたが、あたりに背高く伸びて咲いていた向日葵《ひまわり》の印象が激しい熱気と共に心に残っています。ほとんど手入れのできなかった時代、大阪への空襲で本居炎上して合流した父が、甚平《じんべ》にステテコ姿で、めずらしく天瓜粉《てんかふん》にまみれながら焼酎を呑んでいました。

神戸で、ぼろぼろの平家に住んでいた頃、周囲の垣根にずうっと夕顔を植えこんで、毎夕咲きだす数百輪の夕顔の花をたのしんだことがあります。貧しければこそ、味わうことのできた贅沢でした。夕顔の花をご存じでしょうか。

京都へきて、山椒魚が泳いでいる岩屋志明院近くの川（鴨川上流）へもはいってみました。もう東山の大文字の火送りは、「夏送りのこころやなあ」。そんな夜、いただきものの月下美人の花が咲きだします。

雛の茶道具

京の無形文化財でいらした面竹《めんたけ》四世、岡本正太郎師にご縁を得て、作りあげられたばかりの雛一対を当方へわけていただいたことがあります。

仲よくしていただいていた写真家、井上博道氏が、当時北白川に住んでいた私に、「面竹さんにお雛さんを頼んでいた人が、長い間待つうちに事情が変わって、完成したのに引きとれなくなったんですって」

と教えてくださり、ごいっしょに有職雛《ゆうそくびな》をいただきに連れて行って下さいました。

質素な暮らし、狭い仕事場、そこから生まれた玲瓏《れいろう》と清らかな京雛の面は、何とも気品高い表情で、〈心のしんとしずもる夜中に、細い筆先の面相筆《めんそうふで》を何度も重ねてようやく眉目をつけられます〉とのこと、面竹先生のお人柄が、さすが京雛の気配そのものでした。

娘時代ずっと飾りつづけた「うちのお雛さん」は、一九四五年三月の第一回大阪空襲で、米軍投下の焼夷《しょうい》弾《だん》に家もろとも炎上してしまいました。毎年、子供心に見上げた雛壇に、蒔絵《まきえ》きらめく雛道具が並んでいましたのに。

私は生活道具が気に入っていました。お雛さんのための繊細な箪笥や机や本箱、鏡台や箱火鉢や針箱。そう、お茶道具なども。電気を消して雛壇の雪洞《ぼんぼり》をともして、ふっときらめく小さなお道具に、お雛さんがそんな品々を使っていらっしゃるような幻想を見ていたんですね。

もうすっかり「それでおしまい」と覚悟をきめていましたところへ、思いがけない京雛を迎えて、さあ、昔なつかし幼な心恋しです。ときどき自分の心に叶ったお道具を求めて、一対のそばへ置いたりしていました。

私は今でもお炬燵《こた》のそばへ火鉢を置いていますが、もう現在ではそういう暮らしそのものがすたれてしまって、知らない方が多いでしょう。

雛壇に並んでいた木の台所、つるべの添えられた井戸もあって、そういえば私の五つか六つのころ暮らしていた家の台所に、よく似ていました。

井戸からくみあげた水をためておく大壺。そこから茶瓶や器へ水を移すとき、必ず柄杓《ひしゃく》をちょっと高くかかげて、目礼《もくれい》したものです。どんなにお水が大切か、どんなに尊いか、日常お水をおろそかにしない躾《しつけ》をうけました。これは、のちに戦争でどんなにお水を求め、思い当たるところが多かったか、わかりません。

身体の弱い私は、いつもいろんな心用意をしていました。

姫路市の郊外、香寺《こうでら》町に世界各国の人形や玩具を蒐《あつ》めて日本玩具博物館を開館された井上重義館長さんとは、神戸在住時代からの知人です。お嬢さんに伊都子《いつこ》さんがいらして、私がいなくなったあとも、そこで守られていましたら数多くの方がたに面竹雛を見ていただけます。それが安心で、この館へ献じました。

三月になると余韻の茶道具、小さな茶棚や茶櫃《ちゃびつ》を並べ、さあ、ここへお茶を使うとしたら、どんなお茶がいいかななどと思います。いまだ夢心地の雛のお茶なのです。

この世清浄に

一九六四年に京都に住んで以来、一年も欠かさず届けられる「特選新茶」が、また届けられました。本来ならば、こちらが献じなければならない福田内科の先生からでした。

神戸から京都へ移ることになったとき、神戸でなにかと病気の相談に乗ってくださっていた風間《かざま》先生が、親友でいらっしゃるということで、ご紹介くださいました。私は京都が初めて。初めてご挨拶に上がるとき、ちょっと手土産を持参しましたら、なんともおいしいおすしをとってくださり、びっくりしました。聞き及んでいた京都人気質とはまったく違う、ていねいで優しい、門戸開けてのお家でした。

ふつうお医者さまには患者側が……と思っていたのも、まったく先入観みたい。以後、病気はもちろん、日常習慣のすべてを、教えていただきました。

まさか私より先に逝かれるとは思っていなかった先生が、突然亡くなられたときは、途方に暮れましたが、そのカルテ通りに面倒を見てくださる女医先生に守られています。

亡き先生のお心をそのままくみ取って、京都へ来たときからずっと「新茶」を届けてくださっていた奥様が、今年もまた「特選新茶」をくださったわけです。なにもかも、包装も大きさもずっと同じ老舗のお品を頂き通して、どう感謝したらいいでしょうか。

ところで、一九九八年五月十一日、インドの西部ラジャスタン州のポカラン砂漠にある核実験場で、三種類の地下核実験が実施されたということで、私も多くの方がたと同じように、怒り苦しんでいます。

核保有の巨大先進国であるアメリカも、みすみすの臨界前核実験を強行して、他の国がかかえる世界の不安を増大しましたね。

平和とは、何なのでしょう。

この四月、インドのムンバイとニューデリーで「ヒロシマ・ナガサキ原爆展」が開催されたばかり。広島の平岡敬市長も、長崎の伊藤一長市長も「これだけはっきりといのち否定の恐ろしい核の影響を知りながら、地下核実験を実行したインド政府の暴挙に厳重に抗議する」とのこと。

五月十二日、今日は京都はむし暑い雨の日ですが、各地で、この雨の中、座り込んで怒りを表現していらっしゃる方がたがあります。お身体に悪いのを承知の上で、濡れても座り込まずにはいられない憤り。

亡き福田先生と戦争の話をしたことがありました。京大医学部をご卒業後、陸軍軍医として、わが兄の戦死したころ、マレーシアへ征かれた先生。

一番のりをやるんだと
力んで死んだ戦友の
遺骨を抱いて今入る
シンガポールの町の朝

この軍歌のメモをくださってまもなく死なれたのですが、あの原爆の広島へいち早く行かれた軍医でもありました。どういっても、核汚染は広がるのです。空気にも、海水にも。

今日いただいた新茶に美しい若葉茶畑を思います。同時に、「人類に絶対許せない」核を生んだ人間悪を。

蓮の花に抱かれる茶葉

まだ中国へ行ったことがありません。

北京だの広東だの、西安へ「行って来ましたわ」という客人たちに、「よかったわね。よく行って来られたこと」と羨ましげな祝福を送ります。とても行けない中国の大天地。私にはやっぱり羨ましいことです。

美しくていねいなお茶の葉。

吟味したお茶を点てて客に出す「茶道」という喫茶店があると聞いて、びっくりしました。日本で茶道といわれると、抹茶に決まっていると思いますが、同じ抹茶でもその味、その作法にはいろいろ異なるものがたくさんありますね。この北京の茶道は、抹茶というより煎茶ふうなのでしょうか。

中国のお茶で、もてなされた記憶はありませんが、ごくふつうに考えている日常のお茶が、どんなにか大切な儀礼で、心のこもったおもてなしなんだと伺ったことがあります。

長い長い汽車旅の間に「お湯をもらって茶瓶や湯呑をあたためて最高の味をひきだされた烏龍《うーろん》

茶《ちゃ》を飲ませてもらったよ」と、昔の思い出にうっとりして話してくださった紳士は、「お茶には蓋《ふた》をするんですよ」と、日本の湯呑に蓋のないさびしさを語られました。

蓋をした上からさらに熱湯をかけて、蒸し茶とでもいうのでしょうか、蓋をずらして何とも馥《ふく》郁《いく》とした香りを楽しむのだそうです。

加齢のためか、私はもう匂いがきかなくなって、どのようにいいのか分からなくて残念です。一度中国のおみやげに、美しい朱泥の小さな茶瓶をもらったことがあります。何だかやわらかな泥なのか、あっというまにだめになってしまいました。

もう四十年も昔に読んだ中国文学『浮生六記《うきよのさが》』をおもいだします。いつ頃の時代の、どなたが書かれた作品だったのか、それがもう思い出せないのです。

自分の一文のなかに、松江城のお堀に、紅、白いちめんの蓮の花が咲いているのに感激して、その時、『浮生六記』の女主人公、「芸《うん》」という女性のくふうになるという蓮茶にあこがれたのです。『浮生六記』を、うきよのさがと読むことは覚えている（つもり）なのですが、まちがっているかもわかりません。

「芸」氏は、蓮の花が咲く姿を大切に視ています。蓮の葉には水滴がゆらゆら揺れて、その蓮畑、蓮池の葉の向こうからすっすっと伸びて咲く花々。泥のなかの蓮根がみごとな力を発揮して咲かせた花の気高さ、香りの高さ。仏座《ほとけざ》とされるのも当然な天然の純景と申せましょうか。

「芸」氏は毎日、ささやかなことにも心を張りつめて、人を慰める力をもっています。ほんの少しばかりのお茶の葉を絹の袋につまみ入れて、毎夕、花びらが閉じる直前の蓮の花にいれ、翌朝、花びらの開くのを待ってその袋を取りだして、この蓮のエッセンスのしみこんだお茶を、夫にすすめたそうです。

こんなすばらしいお茶、啜《すす》ってみたいこと。誰の手も借りずに、自然の蓮に抱かれた蓮香り茶を。

お茶粥の思い出

もうあまりお粥をつくらなくなったのでしょうか。幼いころは、お正月のお雑煮の後、七草粥だとか、小豆粥だとか。

家族みんなで縁起を祝っていただいたものでした。そういう特別のお粥でなくとも、胃腸の弱い私のために、よくお粥が用意されました。いまでも、冷たいごはんが少し残っていると、入れ粥にして梅干でよばれます。

便利になって、あちこちからいろんなお粥が送られてきます。それぞれの土地で工夫されたお粥、風習をよみがえらせたお粥、禅のお粥。そう、忘れていました。

香ばしい茶粥をいただいた吉野の知人のおもてなしを。

吉野山へ登って、仙境と古人たちがたたえた佳境に働く人びとをたずねたことがあります。

「惟《こ》れ山にして且《また》惟れ水、能《よ》く智にして亦《また》能く仁。萬代埃《ちり》無き所……」（中臣人足神祇伯）

ですって。

楮《こうぞ》やお茶を栽培し、紙を漉いている人びと。吉野葛、吉野椀、吉野紙。吉野川の清い水とお山の深い緑が懐かしいことです。

もう亡くなられた薗部《そのべ》澄《きよし》カメラマンと、編集者と、三人でお山の中を歩いているときでした。薗部氏の知人で、上市《かみいち》で本を扱っていらっしゃった藤井三郎氏が偶然、向こうから歩いてこられて、お逢いしたのです。

まだ着物を着ていた私が、すっかり疲れてよろめきよろめき歩いていたらしく、「その弱りようにびっくりしました」と、薗部さんに紹介されて初対面のご挨拶をする私を案じてくださいました。

その夜は、お山から下りて川沿いの旅館で泊めてもらったのですが、「近いからぜひ朝食はうちで」といっていただいて、朝、川向こうの藤井家へ参上したのです。

そして「これが大和の、吉野の、毎朝食べている茶粥ですよ」と、鍋に茶袋を入れたままを見せてもらって、お粥椀をよばれたのでした。お漬物と、お茶粥だけを。

その茶粥のおいしかったこと。香ばしかったこと。つつましい毎日の、お番茶だったと思います。やっぱり先にお茶を出してそこに入れ粥するよりも、茶袋に茶を詰めてお米も入れて、しっかり煮たものではなかったでしょうか。

もう、つくってくださった奥様もいらっしゃらない。藤井氏にお電話しても、つかまらないのです。あの吉野川の川原で焼け石におむすびをのせて、お弁当を食べたのですが。

炊きたてのごはんに、うつくしい緑のお茶を細かく刻んで混ぜた「自家製・緑茶ごはん」もさわやかです。せっかくの緑茶そのものの葉を食べないのは残念だということで、「ごはんに混ぜるため」の緑茶細葉を商っておられるところがありますね。私は自分の工夫が好きですが、この緑のごはんも残ったら、入れ粥でいただきます。

茶粥とはまた違った、茶粥です。

朝粥で有名な京のお料理屋さんが、あちこちにあります。心にも体にもやさしいお粥なのでしょう。

もう日本茶飲料の缶に印刷された「おーいお茶・新俳句大賞」の入賞句が出まわっているかもしれませんね。

若いお力

夏の空　俺の住所は旅行中

作者の久岡賢さんは京都市左京区の十四歳。大阪府の高槻中学へ通う二年生だそうです。お茶の大手会社の企画した「おーいお茶・新俳句大賞」は今年で九回目。四十三カ国から約六八万六千句が寄せられ、文芸賞としては国内最大規模の由。私は初めて知った京都新聞の記事で、何気なく、気負いのない久岡さんのお写真を見ました。

一九九八年の八月十五日敗戦日の、大阪「アジア、太平洋地域の戦争犠牲者に思いを馳せ、心に刻む集会」に参加して、初々しい少年お二人が、日本軍の三光作戦によって毒ガスに襲われ、一日のうちに二千人以上が殺された惨劇の村、中国の北疃《ほくどう》村の生存者や遺族の証言を、真剣に聞いていらっしゃるお姿を拝見しました。

若い人のお力。

敗戦までの軍国教育に骨まで従順に動かされていた私の、とり返しのつかない加害性。「どうか、これからをよろしくお願いします。人間性豊かな世界を創る未来をよろしく」と深くお願いしたことでした。

久岡賢さんの「俺の住所は旅行中」、その自由が、どんなに得がたいものか、大切に生きてくださいと思うばかりです。

どこを旅していても、お茶をいただきます……。春ウコン茶。ノンカフェインの発酵ウコン茶。沖縄では「うっちん」と呼ばれていますが、私が泊まる那覇の宿では、朝、黒糖のひとかけらを口にし、ウコン茶を飲みます。

琉球王朝のころから大切にされてきたショウガ科の多年草、アジア熱帯原産の鬱金《うこん》は、お茶と同じ薬草です。昔は、沖縄へ行ったときに手に入れなくてはならなかったのですが、いまは京都三条、四条のお茶屋さんにも、ちゃんと用意されています。

それに沖縄は西表島《いりおもてじま》の租納《そない》では、五百年来の水田にアイガモを放って無農薬・無化学肥料を誇りにしておられる西表安心米の組合があります。六月が新米の季節。

沖縄本島の国頭村《くにがみそん》の奥では、三月中旬が茶摘みのシーズンです。奥茶業組合の宮城一剛・幸子組合長ご夫妻も「おくみどり」の評価が高く、「収穫した茶が静岡でセリにかけられるが、そこでいい値がついたときが最高の喜び」（『琉球新報』一九九八・四・七）とおっしゃっています。

いいもの、体によいもの、おいしいもの、美しいもの。何といっても、「安心」でなければ何にもなりません。西表安心米生産組合長の那良伊《ならい》孫一・宇子《たかこ》ご夫妻の理想実践も、そこにあります。

若い人が地道な土作業をさけて都会に出てゆくとばかりは限りません。すばらしい若いお方が、国を越え、いろんな土地で、それこそ土にまみれて働いていてくださいます。

八月十五日、反戦集会に参加されていた少女お二人も「中学二年生なのよ。難しかったけれど、みんな聞いていた」と声をかけてくださり、自由な心で参加されたうれしさに、未来への目を洗われました。

茶の白い花

一九六四年、私はそれまでの十年間を暮らした神戸市から、京都の嵯峨へ宿替えしてきました。大阪の町なかの子でしたが、病気のおかげで各地へ転地療養、いわば、転々流浪のなりゆきです。それでも母の存命中は、母を心の仲間、同じ一木一草をも大切に喜びあえる感動同志としていたわり合って暮らしていましたが、神戸・本山《もとやま》の家で突然の母の死。

住んでいた神戸は明るく、気風も軽く、まさか大阪とも神戸とも雰囲気の違う京都で暮らすことになるとは思わなかったのですが、仕事で京や奈良に取材に行くことが多く、とうとう嵯峨に一軒の借家を教えられて思い切って移ったのです。

もちろん洛中ではありません。当時はわずかに民家が建ちかかっていた双ケ岡《ならびがおか》の西でした。もう、母はいません。京都に知人、友人はありません。明るくあったかい神戸からきますと、朝晩の温度差、湿度、弱い身体にこたえて、さびしい気がしたものです。

でも、あの借家をお作りになったお方の好みでしょうか、その住まいで、私は初めて、「お茶の花」を見ました。生け垣の葉のしげみに、ふと白いものを見てよく調べますと、それが、小さいけれど鮮やかな黄の蕊《しべ》を包む白い五弁の花、ツバキ科の「茶」の花でした。

ご覧になった方はご存じ、品のいい匂いがします。私は白が好きな気性、そしてひっそりしたたたずまいに心惹かれて、この茶の花に出逢ったことで、どんなに慰められたか、わかりません。よく一輪差にさしました。

何事につけても母を思う私は、母にこの白い花を見せ、香りを匂わせたくてなりませんでした。そして思ったものです。

あの広大な茶畑には、常緑灌木の木々に、この白い花が咲いているのでしょうか。こんなに美しい花なら、茉莉花《まつりか》茶のように花をお茶に入れて飲んでもいいのではないかしらと。

狭い家です。私にとっては貴重なお花です。よっぽど「この人に」と献じたいお方に、お茶の上に一輪のせてお出ししたように思いますが、私自身はもったいなくて香りを吸うばかり。とても飲めませんでした。

この五年、十年。

昔は見たこともないいろんなお茶が、どんどん売られています。たとえば烏龍茶《うーろんちゃ》など中国の茶葉をしのんで、ずいぶん簡素な缶仕立ての茶が、どこにでも売られています。

のどの乾きは、こころの乾き。

ちっとも不安なく、多くの人びとが助けられてきましたのに、何でしょう……どうしてでしょう。同じ人間としては想像もできない。許すわけにはいかない。「異物・毒物」の混入だなんて……。ニュースを聞くのが恐ろしくなります。

お茶が身体にいいのは当然ですが、皮膚にも美化作用があるのですって。その天与の成分、お茶の天性への感謝を忘れてはなりませんね。

歓喜ダンゴ

歓喜天《かんぎてん》――仏教の守護神の一つで聖天《しょうでん》ともいう。ヒンドゥー教のガネーシャ（ヴィナーヤカとも）の仏教に採り入れられた姿。原初形のまま象頭人身、単身像は二臂・四臂あるいは六臂などで刀・輪・戟・棒・索・牙などを所持する。双身像は男女抱擁した形で表現され、夫婦和合や子授けの神として信仰された。

（岩本裕著『日常仏教語』）

昔から「聖天さん、聖天さん」といわれてきたけれど、私は夫婦和合に恵まれなかったし、抱擁の姿が何ともつらい気持で、あまり直視したことはありませんでした。

ところが生駒の宝山寺聖天さんは商売繁盛で賑っていて、ここには歓喜丸という歓喜天へのお供え「おだん」があるのですって。

とにかく「ダンゴ、ダンゴ、ダンゴ三兄弟」の歌が大好きで、この頃は近くのお菓子屋さんでも、前は四つが串にさしてあったのにこの頃は三つになっているんですよ。ほんとに面白い流行です。

『広辞苑』五版によれば釈尊の降誕したルンビニーの別名を、歓喜園《おん》といって、歓喜地とは「修行によって煩悩を断じ、心に歓喜を生ずる位。菩薩十地《じゅうぢ》の第一」。歓喜天に「供える菓子は歓喜団《だん》」とあります。

私はお団子も描かれていたという歓喜天の古図を拝見したことがありません。

だから真の歓喜という、解放境地に、歓喜丸歓喜団という団子が喜ばれていたことは、先日、大和路小誌『やまとみち』（かぎろひコミュニケーションズ編集）の「閑話食題」で知ったのです。

奈良の聖天さんの「おだん」は、お金の溜まる象徴の巾着型に小豆餡が包まれていてゴマ油で揚げてあるそうです。これは一度、手間ひまかけて心こめて作ってみたい「おだん」の地《ぢ》、テレビでいろんなお料理が紹介されていますけれど、歌の「ダンゴ、ダンゴ」とちがって私、これまで真剣に見せてもらっていませんでした。

その作り方も引用させていただきましょう。

「まず米の粉を熱湯で練り、ある程度の大きさにしたものを蒸しあげる。それを石臼に入れて杵で搗《つ》く。搗きあがったところにゴマ油を垂らし生地に馴染むまでよく練る。それを直径七、八センチの型にとって、のし棒で丸く延ばし、小豆あんを巾着型に包み込んでゴマ油で揚げる」

今度は作ってみたくて。

ダンゴに惹かれて歓喜天の美しい意味を味わったということでしょうか。

象頭人身に造られている聖天さんですが、妃とされている男女双身像の女には、猪の頭のもありますとか。この妃像は、十一面観音菩薩が、仏教に障害をなす魔神の働きを封じるために現した化身ともいわれるようです。

私は亥年生まれなので、猪突猛進《ちょとつもうしん》性です。

日米新ガイドラインなんて許しがたい軍事同盟は、世界への宣戦布告のように思われてなりません。その戦争法案が日本政府の国会で成立するのですから、怒りしんしん。

せめて歓喜をと念じて、今回はダンゴを書きながら飢えと流浪の人仲間《ひとなかま》を思いました。

ツルちゃんのお米

出水《いずみ》平野に飛来したツルは一九九七羽だと、一九九九年十二月二十五日の新聞にのっていました。一九九九に近いじゃありませんか。もう二、三日も経てばとうに二〇〇〇を越えるでしょう。ツルちゃん、どんなぐあいですか。とするとこれも二〇〇〇年の二〇〇〇……。

京都・中外日報のご縁でお知り合いになった赤尾譲氏は、鹿児島県出水《いずみ》郡高尾野《たかおの》町東干拓地《かんたくち》で、毎年越冬のために飛来するツルを見て、もう何十年になられるでしょうか。今は、すっかりツルに集中してカメラでその生態を追っていらっしゃいます。

手もとにある赤尾譲写真集第七集のカバーの裏には、

「鹿児島県出水市荒崎に、毎年一〇月中旬から渡ってきて翌年三月中ごろまで越冬する。〃つる〃は一九二一年天然記念物に、一九五五年特別天然記念物に指定され、地元の保護会が給餌・保護に当っています」

と、あります。

「出水平野に一〇年ぶりアネハヅル一羽が飛来」「シベリア北部で繁殖し、おもに中国の長江下流域で越年するソデグロヅルが迷って日本へきた」「カリフォルニアやメキシコで越年するカナダヅルが今年も出水に若い一羽がやって来た」

写真とニュースののった新聞もコピーして、今年もお米を届けて下さいました。私は丹頂鶴しか知りません。動物園で小さな時に逢ったっきりですが、「なんと品のいい鳥かしら」と思ったものです。大阪市の取材にまいりました時、生野区の鶴橋駅で、昔、鶴がよく来た土地、それで地名が鶴橋になったなどと教えられたものです。

ツルにとって暮しやすい自然が、まだ在った頃でしょうか。現在の大繁華街、鶴橋からは想像もできません。けれど出水でも干拓といわれると、ああ、そうかと思わざるをえません。大阪はまさに干拓地に創られた町ですから。その空を、鶴は舞って、舞い降りていたのでしょうね。

飛来の中心はマナヅル。「私は迷えるソデグロヅル——マナヅルさん、よろしく」と見出しのある記事の写真には「周りのマナヅルに威嚇されながらも羽を休め、落ち穂をつついている」孤影のソデグロヅルが写っています。そのソデグロヅルが、マナヅルよりもずっと白くてきれいです。

遠い遠い、どこから出水にたどりついたのか、クロヅルとナベヅルのハーフであるナベグロヅルは、いったん着いた出水から、もうどこへ行ってしまったのか、行方不明だと申します。

今年は全部で何羽になりますやら。一九八一、二年の渡来数は、保護に当っている地元の計算では計六二四六羽もあったといいます。土地の人、児童、老若男女が大切に環境をととのえて見守っていらっしゃいます。

早場米が出荷されたあとの落ち穂や二番穂、昆虫やタニシとツルたちが遊んでいる風景を想像しながら、その地のお米（私はツルちゃんのお米とよんでいます）を、大切にいただきました。知人友人にも、ひと口ずつ献じて。

どうぞ、このうえ自然が荒れませんように。

立雛模様の奥

三月三日、二〇〇〇年まで生かせてもらったなんて、思いがけなくて、何を見ても、「ありがとう、また逢いましたね」

幼い日の雛祭りから、気づけばもう、私のそばにあった小さな雛用のお茶碗やお皿を出して、見入っています。簡単な立雛《たてびな》模様、袖をひろげてたっている男雛《おびな》、肩の無い女雛《めびな》。男雛の頭冠や、女雛の帯の部分と、空白地に散らせてある桜花びらの一枚に金《きん》が使われています。まるでハート型みたいな花びら。

この間も立雛模様に男が大の字、女が肩なし姿であることを、「どう思われますか」というと「それはやっぱり夫唱婦随の形でしょう」といわれた方がありました。私も、長い年月そう思っていたのですが。

十二年前に出版している旧著『お話ひとこと』のなかに「手なし姉《あね》さま」があるのを思い出して、読み直してみました。

千代紙で折ると、ほっそりさびしい肩になる姉《あね》さま人形には、お手の気配がなくて。幼いとき母に死に別れた娘、美しい姉さまに育ったのですが、父の後ぞえとなった継母《けいぼ》に憎まれて。

継母は自分の産んだ妹娘を、姉娘より幸せにしたい。立派な家から姉娘を迎えたいという縁談があったので、父の留守に「姉娘を殺してしまえ」と家の使用人に命令します。使用人は、いくら何でも殺せないので、姉娘の両腕を斬って持ち帰り、いのちを助けたのでした。

両腕を失って流浪していた姉娘は、姉娘が好きで結婚を申込んでいた若者とめぐり合い、若者は喜んで結婚したそうです。まさに立雛模様……。

そして愛らしい子が生まれます。旅に出ていた夫のもとへ、子の誕生の報せを届けさせるのですが、飛脚が途中で立ち寄った実家で「姉さまの生存と幸福」を知った継母が逆上して、その便りを「鬼か猿みたいな子が生まれた」とスリカエたのです。夫はびっくりして「どんな子でも大事にしてほしい」という返事を飛脚に托したのですが、それも又、「追い出してしまえ」と継母が書き替えます。

泣く赤子を背中にしばりつけてもらって、姉さまは家を出ました。泣く赤子に水をのませようとして必死に川へかがんだ時、子が危うく川へすべり落ちかけました。

両腕の無いのも忘れて、とっさに子を抱きしめようとした姉さまの両肩がうずいて、手が出た！　手が出たんですって！

近くの寺へ住みこんで働き、子を育てていたところへ、長年、妻子を探しまわっていた夫が通りかかって、うれしいうれしい再会でした。その瞬間、遠い土地にいる継母は倒れてしまったとありました。

童話、民話、神話……どの土地にも、独自の伝承が人情、事情を映しています。外国の「姉さま」も夫が銀の義手を作りますが、やはり最後は「神さまのおぼしめし」で手が生えるようです。

障害に負けない立派な人格、今日も、愛ゆえの再生、自由が現実に在ります。

感謝の糧

その人その人の体質で、食事の好みは異なり、病気や加齢の状況でも、すっかり変わってしまうことがあります。

そして、何よりも歯のぐあいを大切になさってください。

味は、口の中のいろんな部分が微妙に関与している奥行深いものですが、私など、以前には想像もできなかったほど、味の喜びが少なくなりました。今では、「これは大切なお薬だから」と、素材の取り合わせを考えて感謝してよばれています。

北海道の知人からいただく、かぼちゃやじゃがいもの密度濃い力、大門《おおかど》素麺や稲庭《いなにわ》うどんの魅力はつきず、準家族のように優しくして下さる上賀茂の良心的農耕女性のおかげで、安心の野菜に養われています。すぐきの間《ま》びき菜《な》一つでも、まったく味がちがうおいしい野菜の生《き》の味。おこぶ、だしじゃこ、だしがつおのおつゆです。

お肉、魚、卵、お豆腐、その他「ここのお店のは」と長年の信頼を基にしていますが、東洋医学の大家、渡辺武先生から、「これは是非に」と教えられて以来、毎朝、ゴマハニーを食べています。練《ね》りゴマと、蜂蜜とを混ぜて作った簡単でおいしいジャム代り。ジャムといえば青森県百石《ももいし》町の百石実行農業協同組合の低糖度手づくりいちごジャムが、またあっさりして飽きません。

夜中、机にむかっていて、ふと何かをと思うと、吉野葛を熱い牛乳で溶いて、沖縄の黒砂糖で作っておいた黒蜜を少しかけます。とにかくいろいろな種類のものを少しずつ、バランスに気をつけて口に入れます。

ふっくら煮た花豆、もうカリカリとかたいものが無理なので、林檎、梨、キーウィ、柿、ぶどうなども、細かく刻んでマヨネーズで和えたサラダになります。今日は恵まれた食用菊の花びらのお酢のものをたのしみました。

どくだみ讃歌

「好きな花はね、どくだみ」

「ええっ」

と、びっくりしたようなお声が返ってきた。幼いときから病床で、仕事を始めてからも花、花、花。数え切れない『花に育つ』『花のすがた』『花の寺』記憶だ。

そしての今、以前にも書いているけれど、ちょうど咲いている「どくだみ」にしよう。

どくだみは、簡単な花ではない。

京都へ移住した一九六四年、わずかながらも土の部分のある住いが恵まれた。これはありがたい。とても草の生えてきそうにないコンクリート壁のところでも、そのひび割れから芽をだし、茎をのばすすごい力をもっているどくだみは、うれしそうに地下茎をいっぱいのばして、どんどんふえた。

一輪ざしに一本入れるのもいい。花束のように十何本かをひとつグラスに挿せば、濃緑の葉に白い十字苞《ほう》がくっきりひきたつ。いわゆる若葉青葉のシーズンに、このどくだみは、何とも暗く多様な紅をも含んだ濃い緑だ。すこし歪んだハート型の形、その茎を手折ると、薬草のにおいがする。

どくだみは「十薬《じゅうやく》」ともいわれるほど、煎じたり、火傷の部分にあてたり、古代から人を助けてきた。うちでも乾かしたどくだみを刻んで、いろんなお茶にまぜて飲む。

「花」として、一対一の重視をしない人が多いのか、これまで絵画作品で、どくだみだけをきっちり描いた作品を見ていない。

思いがけない事故で、口に筆を含んで絵や詩文を書かれるようになった星野富弘氏の作品に、「どくだみの花」があって、うれしかった。

花びらを包んでいた苞《ほう》が開くと、白い四弁が花びらのようなふつうの白ではない。浅い白ではない。ビロード質を感じさせる深い白。水彩よりも、分厚い油彩的存在だ。私はどくだみを敬愛している。

沖縄の豆腐餻

思春期に結核となって、当時は結核は不治の病気。とにかく安静にして、栄養を食べるほか、なすすべがありませんでした。牛肉や玉子、牛乳、とろろなど、私の責任として食べさせられました。

同じ年頃の住みこみの店員さんや、お手伝いさんに気兼ねしましたが、転地療養、入院などと、家を離れたらホッとして、与えられるごちそうをお薬やと思ってよばれました。

さまざまな人生転変に、もう七十六歳。肝硬変といわれて、ほとんど食べられなくなりました。でも毎朝、ロールパンに、練りゴマと蜂蜜をまぜたものをたっぷりと塗って、牛乳、ヨーグルトなどと、食べています。

ごはんが、ほんのひと口しか、いただけません。朝の食事で、一日支えてもらっているのかしら。噛めない、味がわからない、何よりお豆腐は欠かせませんし、京都上賀茂の仲よしが、心をこめて作っておられる四季のお野菜をいただきます。できるだけ農薬を使われない良心野菜を、その品自身を活《い》かすような調理で、感謝して口にしています。

沖縄へ行って、琉球料理のすばらしさを教えてもらいました。豚のいろいろなお料理、そして麺。その中で、はじめて「豆腐餻《とうふよう》」を口にした感動は忘れられません。

沖縄のお豆腐は本土の豆腐とちがって、かたく大きく、それを賽《さい》の目に切って天日干《てんぴぼ》ししたものを、泡盛《あわもり》と紅《べに》こうじをまぜた液に漬けた珍味です。貴族味で昔の民衆は味わえなかったそうですが、今では何通りもの「豆腐餻」が売られています。

ずいぶんあちこちの味をいただきましたが、私の大好きなのは「あさと屋」(宜野湾《ぎのわん》市嘉数《かかず》)の「豆腐餻」。

これは、絶品です。お酒にも、ごはんにも合って、うちで小さな一個をおもてなしすると、お酒の好きな方は大よろこび。この間は漬け汁にごはんをまぶして、最後の一滴まで味わわれた方がありました。からだにもいいんでしょう。

喜びのお酒を、どうぞ

今日も、たずねられました。

「お酒は好きですか」

客人があると、水に浮く「花あかり」ローソクをともして、乾杯いたします。だから、よほどの好きと思われているらしいのですが、私が飲むのは乾杯！　のお盃だけ。客人は必ず、「好きなのか」とたずねられます。

もちろん、嫌いではありません。でも、自分の虚弱な体質を、よく知っています。思春期からずっと結核で、安静治療の転地をして何とか生存を保ってきたのでした。だから、文章執筆が生活となったからといって、お酒やコーヒーを飲みすぎるような自分への甘えをつつしんできました。

思えば幼い頃から、お酒の好きな父、長兄、親戚の人たちを見ていました。新年、節分、花見、節句……、何かというと店の人たちもいっしょに、その日は無礼講の酒宴でした。

男性たちのようには乱れませんけれど、母や姉も結構、お酒を大切に味わっていたように思います。二度と戻らない大阪空襲までの大阪での思い出は、なつかしいものがあります。今でもそうでしょうけれど、みんな、お酒というと機嫌が良くなりましたなぁ。

一九四二年一月に航空偵察少尉で戦死した次兄も、お酒は好きでした。でも、戦争中のこと、お酒の席での兄は、記憶にありません。四三年に婚約した学徒出陣の木村見習士官も、「飲めるのやったら五合くらいはたのしめる」そうでした。これまた、そうした事情は許されませんでした。

結局、その彼も戦死して、岡部も破産。私は心に添わぬ人との一対生活を解消して個に戻り、母との二人暮らしをはじめたのが一九五三年でした。その年の大晦日、姉の持家に「住んでもいいよ」と許されて、初めて神戸の住吉町の海近いところに住みました。

その頃、近くにいろいろな醸造元があって、夜中に「白鶴」のビルの窓からほわっと湯気が流れ出ていたのを覚えています。それから十年間、住吉町や本山《もとやま》町で住まわせてもらったのです。お酒や、酒の糟《かす》、母は料理が好きでしたから、いろいろに楽しんで活かせていました。私も、味のいいのがうれしくて、お料理、お吸物にも煮付けにも、お酒を使いました。

客人たちは「おいしい、おいしい」と好きなだけお酒を飲み、料理をも喜んで下さったので、何かお気に入った銘柄をきいては、お酒をさしあげたものです。

今は「黒松剣菱」を使っています。

特撰、の香りがよいそうで、一口飲まれた方は「いいなぁ」「うまいなぁ」と感動されます。お喜びにもお供えにも、おみやげにも心付にも、いいお酒が一番でしょう。

私は結局、好きでも飲まないので何してることか、わかりませんが、人さまのお喜びを見るのがうれしくて「お酒はいいな、人をたのしくさせるもの。そしてほんの少したしなむのが、身体にもいいんだもの」と、感謝しています。

沖縄の海勢頭《うみせど》豊《ゆたか》氏ご一行が、各地で歌、音楽を公演してまわられて、京都で公演されると翌日には皆さんで来て下さいます。いつも用意している清酒から、各地から贈ってくださるワインや、銘酒、濁り酒も、沖縄からも本島はもとより八重山《やえやま》産の泡盛《あわもり》をも残しておいて、皆さんで飲んで唄っていただくのです。

「岡部さんとこゆくと、いろんな酒があるんだから。地元でも手に入らない泡波《あわなみ》まであるんだから」って、ひやかされます。

それは多くの知友のお心づくし。そして生産元のお心づくしでもあります。仕事で取材に訪れた南から北までの各地のお酒は尊いものでした。越後から、人吉《ひとよし》から、奥州から再度旅して再会する感動は、人も、お酒も同じと思います。

父のお酒に育くまれた幼い時から、母の配慮の酒器が、雰囲気を香り高くしていたことを教えられました。

あの、「酒は涙か溜息か」（高橋掬太郎詞）の古賀政男ぶしは、恋が何か、ため息が何か知らなかった子どもの私にも、すうっとしみこむ名曲でした。

名曲、数々。何曲生まれつづけているかわかりません。酒と、恋と、涙の歌……。その酒と人間との刻々出逢う本質を、深く歌った歌詞、そして曲。

酒は飲めない……恋も未完、せめて、しょっちゅう流す涙の、さまざまな意味を歌曲にしてもらえる詞、詩が書ければいいのですが、それがだめなんです。

大阪の、瀬戸物問屋が並んでいる瀬戸物町に育ったおかげで、一年一度の大売り出しの祭を幸い、人波にまぎれてお茶碗や湯呑や、父の盃、客用のお皿など、いろいろ求めたことでした。今ものこる盃台《はいだい》なんて、当時は叱られてうらめしかった夕食風景の点景でした。

いいお酒……それは、酒そのもののことであると同時に、飲む人の態度、こころのことでしょうね。

喜びのお酒を、どうぞ。

京色のなかで

京色のなかで

双ケ岡《ならびがおか》の三つの峯を、ま東に眺めることのできるその美しさにひきよせられて、嵯峨鳴滝《さがなるたき》の借家に移ったのは、一九六四年十月のことでした。

当時は現在とはまったく異なる人家の少なさ。二階の窓をあけて、雪を、みぞれを、日の出を緑を、そして空の渋い京色を、喜んで見入っていました。

「京色《きょういろ》」とつい表現してしまいましたが、生まれ育った大阪の町とも、京へ移るまでの十年間を暮した港町神戸ともちがう、空《そら》の色。微妙の、寂寥の、静けさの色とでも申しましょうか。「京からかみ唐長《からちょう》」さんの、京独特の紋柄や色彩を、「なるほど京盆地を舞台とした都だけあって」と、飽きず好もしく思っています。

この「色といえるのかどうか」とおぼつかないほどの抑えた色こそ、まさに「京色」なんです。この風土がはぐくんだ美と情調が、京の雰囲気なのでしょう。

あの双ケ岡からさしでた月が、中空《なかぞら》を澄み、西へ渡ってゆくひととき、つたない箏を弾くたのしみも味わいました。思えばぜいたくな虚空渡《こくうわた》りの箏の音色でした。

その後『京都新聞』の対談でお目にかかった笛師、福田泰彦氏の名笛の調べをきかせてもらって、京にとけ入る横笛のせかいが慕わしくなりました。色も音も、芸術は土地を映します。自然をきものに写生的に描き入れた京友禅もやはり他の光度、他の背景では完成しなかった布ではないかと思います。

私はヨオロッパでもアメリカでも、このようにこまやかな愛情とやさしい姿容の山に抱きつつまれた都会を見たことはない

(『毎日新聞』一九六二・八)

ときどき、川端康成氏が心つくして京を書かれたこの「都会讃」がよみがえってきます。東山、北山、そして夕茜《ゆうあかね》に染まる西山……そして、その山々は、滴々と清らかな水を集めて大小の川を南へ流してきました。まだ神戸に住んでいた頃から、京の山、川、里、寺、社、手技《てわざ》、料理、食味、数え切れない境地を歩かせていただきました。簡単にライトアップしない京の暗さを、すごい実力、文化力だと感嘆してきたのですが。

すっかり時代が変わりましたね。も一度、景観や自然環境を大切に考え直したい気がしています。

烈しい光と清冽な原色

生まれ育った関西の土の色、空の色。

大阪、神戸、京都と、住み暮した土地での自然の光のちがいにさえおどろいていたわたくしである。一九六八年四月、初めて沖縄の土を踏んだ時、仰いだ空の鮮やかな青と、海の底光る青とには、息をのむ思いだった。

亜熱帯《あねったい》の沖縄から、亜寒帯《あかんたい》の北海道まで。十二回にわけて『列島をゆく』取材に旅したそれぞれの土地の独自のすばらしさに、必ず土質と光度がかかわっていることを知った。

沖縄の紅型《びんがた》衣裳は、いまも琉舞の美しさをひきたててみごとである。たとえ、同じ踊りが舞われるとしても、もし衣裳が友禅染めや、京絞りであったなら、鑑賞の喜びはほとんど無くなってしまうのではないかと思われる。

友禅は友禅として、絞りは絞りとして、りっぱな衣裳美術である。だが、どんなに優秀な技術を駆使した美術的衣裳であっても、沖縄の魂を舞う舞台には似合わない。

紅型《びんがた》、藍型《えーがた》、絣、芭蕉布、いずれにしても、土地の色と柄とをしっかり備えた伝統の布でなくては、舞台が活きないのだ。

その布に映されているもの。そこに沖縄の風土がある。風土に培われてきた美学がある。風土美がつねに原点となって、地域に生き暮してきた人間の人情を支え、伝統文化を創らせてきたことがうかがわれる。

強烈な原色である紅、朱、黄、青、そして緑。

醒臙脂虫《しょうえんじ》や蘇芳《すおう》の紅、福木《ふくぎ》や鬱金《うこん》の黄、藍草の青、鉱物性の朱、墨。そういった強い色を重ねて、さらに濃厚でありながら清冽な色を創って愛した。その色でなければ、まぶしく透きかがやく亜熱帯の光に調和しないのだ。

あの珊瑚のいのちが発する青光の海も、光線ゆえの海中色彩である。光線が、カラフルな魚たちを育てている。夢せかいと描かれていた竜宮せかいの色彩は、沖縄の海中に展開していた。底まで届くほどに明るい光線が、透明な潮をきらめかせて、この世の鬱を忘れさせていた。

すぐにまぶしくなる目で、ひとり沖縄を旅していた途中の夜、突然もやもやと目が見えなくなったことがある。どうしようもなく冷水でひやして眠った。

「ひょっとしたら」と案じながら、名医といわれる医師を訪ねたら、「病気は無い」と放免。虚弱の身ゆえに疲れが弱いところへくるからで、治療法は無いとのことだった。

あんなに好きな沖縄で暮すことをあきらめた原因の一つに、このまばゆい光線がある。わが目には耐えられないほどの強い光が、沖縄の緑、花、海、赤瓦の屋根など、万物をかがやかせているのである。

沖縄の色彩文化には、清楚な白絣や藍上布、生《き》なり芭蕉布の流れと、紅型にみられる烈しい艶《えん》の流れがある。そのどちらも、自然の力を活かした美だ。この美を生んだ沖縄の地や海が、汚染されつつある悲憤を、光りに訴える。

京の色絵

花あかり

京の五百年も続いているお蠟燭屋さんが、十年余り前、水に浮かべて灯をともす丸い浮きローソクを作られました。

「お水に浮かべておいたら、火の要心もいいでしょ。必要な時に必要なだけともして、あとは消しておくと、蠟がかたまったら又使えます。二時間から二時間半も、ともっているのですよ」

目の前に水を入れた器を置いて、芯を立てた丸いローソクを浮かべて火をつけて下さいました。焰《ほのお》が小さいなかにも揺れ動く、いのちを連想させました。電気でローソク型スタンドにともすのではない、ゆらゆらゆら。

初めての方、久しぶりの方、喜びの方には赤い色のを、喪の方、悲しみの方には白い色のを。それぞれの心に灯をともします。「生きてる焰ね」といったら「名をつけて下さい」と言われまして、思わず「花あかり！」と言ってしまいました。

小さな人のお誕生会や婚約祝盃に、そして夜のお茶事の道案内にも使われています。

電気照明でない昔風の行燈《あんどん》の好きなスウェーデンの女性がありました。行燈に灯をともすと、部屋におぼろな光りと、影。時代を超えた女の物語に身を置きます。

また私の十六歳の頃、母が求めてくれた瀬戸の火鉢もいまなお身辺から離せず、冬になると藁灰、いこった切り炭の鮮やかな火の色に、長年の歴史にも飽きない記憶を重ねます。

木のお風呂

それまでベッドで寝ていた思春期の私は、安静にしなくてはならない病気になった時、畳の上で眠りたいと思いました。

幸い、海辺の療院は、和畳の部屋で、手をのばすと畳に触れることができました。藺草《いぐさ》で編んだ畳表《たたみおもて》文化との出逢いでした。

冬など、畳の上に絨毯《じゅうたん》をしくことがありますが、せっかくの畳の感触を遠ざけるような気がして惜しい気がします。ぜいたくな話ですが、古い民家での暮しに、家中の畳を新しくしたら、どんなに気持ちのいい青畳《あおだたみ》の風が吹き通るでしょう。

一九七六年、現在の住まいに移り住んで、最初にしたことはお風呂の木の湯槽《ゆぶね》を新しく替えたことでした。「二十年ほど使うと又、弱ってきますから」と言われたお職人は、「この木の内風呂も、扱うところが少なくなって」とおっしゃっていましたが、肌あたりというか、木のやさしさというか、お湯にほとびる檜の木目《もくめ》、もう香りは薄れてしまったおだやかな湯気に包まれるうれしさ。

心であれ、からだであれ、時としてどうしようもないつらい気のする時、その癒しのためにも、ゆっくり木風呂に漬かっています。

いただきものの花や、庭木の花、草など、季節の、節句のたのしみともして、湯に浮かべて、いっしょに入るのも心安らぎます。散る直前の花びらが肩に触れて、花とお話しするのですよ。

青竹のもてなし

青、というと、まず新年を思います。

中国で古来からの哲理として信じられてきた五行説では、青は東の意味をもちます。日の昇る東。「これから」の若さ、「きよ」とも読む美しさ。青年、青春、青草、青雲……、「清らかな輝きを放つ」意と、逆に青二才という風に至らぬ未熟の表現にも使われます。

でも、緑としか見えないのに、若葉、青緑、青葉というのですから、青には神聖な、蘇りへの尊敬がこめられているのでしょう。

有名な「青は藍より出でて藍より青し」(荀子《じゅんし》)の言葉にしましても、青を高くすぐれた存在としています。そのこころ。

古墳の壁画にも、東壁に「青龍」が描かれています。想像上の動物の形をしていますが、龍は天に昇り地にひそみ「行くところ可ならざるなし」の自由の化身でしょう。

青竹は新鮮な伐りたての竹の筒。日が経つにつれて、いつとはなく色が薄れてゆきますので伐りたてがいのち。新春の祝意をこめて青竹の花筒や、青割竹のもてなし料理の器、青竹のお箸、そして青竹の酒筒を作って好みの清酒をみたして、竹の精気のしみこんだお酒を青竹の盃で飲む用意をしたものでした。

七月初め、日本固有の種類といわれる「おはぐろトンボ」（クロヤンマ）が、何羽も庭でやすんでいました。雄が多かったらしく、しんしんと黒い翅を直立させるその胴が、ピカピカ青く輝いています。その細い胴に「これこそほんとの青！」と感動しました。

おにぎり

人の手は、心と直結していると思います。

「手相」を見るお人から、てのひらの線を教えられて、ふしぎに眺め入った若き日。でも未だに学ばない愚か者は、そのまま自由に、わがままに暮していますが、自分の思いを、人さまに伝えるための文字を書くのは、もちろん、わが手。ありがたく。

初めて編まれた小著四百字の言葉が、『おむすびの味』（一九五六年刊）という書名になったのも

「心を結ぶ手の力」への讃歌があったからでしょう。

当時は社会的に「おむすび」が忘れられていた時代。そのためにテレビでおむすびを握ったこともありました。

炊きたてのごはんを塩加減のいい塩水に濡らしたてのひらで握る。簡単なようでもしっかりとすき間なく、けれど余り堅いとうまみがありません。その双の手の呼吸、力の入れぐあいが大切です。こうしたおむすびを作る手をもっているのは人間だけなのですね。

器の花

京の名匠、もう亡くなられた辻嘉一さんとごいっしょに、テレビに出たことがある。

辻さんは歴史の今昔をはっきり認識して、器も素材も味わいもすべてを活かされる。

独創といっても伝統、伝統といっても新鮮なお料理だった。

明石鯛《あかしだい》のおつくりは、音楽的なリズムで透明な白身がつくられてゆく。

この日のために、辻さんがわざわざ取り寄せられた尾形乾山《おがたけんざん》作の国宝の器は、私にはとても扱えない豪奢な作品だった。

ところが辻さんは清らかに（いい分厚さに）切ったおさしみを、何気なくちょんちょんと盛ってゆかれる。料理をのせる余裕などないと思われた器は、すいすいと素直に飾られた。

それが自然な趣きだった。

「飾り過剰と思われる昔の名工の作でも『ここにこう盛ればいい』と教えるように作られています。その声なき指示をみて、自分の絵を盛りつけるのは、たのしいですね」と言われた。

実際にその調理・盛りつけを目のあたりに見せてもらって感動したことを忘れない。

日本の陶磁器は、さまざまな風土を映して多様な持ち味に顕現している。

思えばその祖流、源流に中国、朝鮮半島の見事な造形があって、それは、今の作品にも伝統をひいている。ときに華麗に、時に清楚に、時に繊艶に、器物語はつきせぬ。

私の暮しは、京焼といわれるきめの細かな軽やかな小皿、大皿、お湯呑、お茶碗、鉢その他、飽かぬ愛の器で支えられている。

無名職人衆の技によって守られ、伝えられ、生きてきた器だ。

「あ、これを、ここに」……、新しい味が創られ、思わぬ景色が描かれる。

つつましい生活だからこそ、多様に表現が揺れる。

京伝承の繊細な地紋様の上に、明るい黄や朱が咲く色絵《いろえ》作品にとりまかれて、幼き日、白磁や染付を愛していた自分をふと思いだしてひとりごと。

好みも、育つか。

北山しぐれ

生まれて初めて京都へ来たのは、一九三八年頃のことかと思われますが、その時の印象は全然覚えておりません。

母は女学校を休学していた私に「今日は寒いなあ、京都やったら雪降るかわかれへん。京都へ、いこ」と言って、大阪の家を出ました。母は私が小学校へはいって初めて書いた綴り方を、たいそうよろこんでくれていました。

「これはな、ほかの人には書かれへんもんや。大事にしまひょうな」と箱を選んでしまってくれたもの。弱い子にたった一つ、自分の心の書ける綴り方の道があることを教え、尊敬してくれたのでした。

着られるだけ着こんで、母と共に。なんで京都へ来ましたのやら、母は私に冬らしい京の綴り方を書かせたかったのでしょうね……でも、予感は当たらなくて、京に雪は降っていませんでした。

「京都北山の冬を歩く」というテレビ番組に共感して、北山の雲ケ畑《くもがはた》にある志明院《しみょういん》をのぞきました。私が「冬」を讃《たた》える文を書いているので、ディレクターが、寒い京の北山の冬にと言ってくださったのでしょう。冬にしては明るい日ざしが照っていましたけれど、そう言っているうちに、さささささっとしぐれが通ります。

あ、北山しぐれ！　と仰いでいると、またうらうらの日ざし。冬ほど、きびしく静かな透明感に、お山の環境がひきしまる季節はありません。思わず、

「冬の冬、リンとした冷たい静寂の京が好ましい。それが冬の美、冬の贅《ぜい》でしょうか」

という意味のことを口走っていました。天と地の間には、さまざまな気象表現が通りますが、何の演出もない真実がいちばん心にしみます。スタッフ皆さんの涙ぐましいご協力に感謝し、母にこういう喜びを味わわせたかったと思いました。

一九九九年、一枚の賀状も出せないで、たくさんいただいた御賀状をも拝見できず、どちらさまにも失礼しています。

東京や、大阪から来られた方がたは、「なぜ京都が京都らしさを大切にしないのですか」ときかれます。京都を心から愛していらっしゃる外国の方がたが、男性も女性も、ぴったりと似合う和服を着ていられて、すてきでした。

京都生まれの在日韓国人、徐勝《ソスン》、徐俊植《ソジュンシク》ご兄弟は、母国留学中に無実の罪で投獄された苦難の方がた。その間《かん》、一家を支えてこられた末弟の徐京植《ソキョンシク》氏は、『私の西洋美術巡礼』（みすず書房）

など、心身ともに人を照らす視野をもたれる方ですが、南仏のアヴィニョンからお便りをくださいました。

「十五年余りぶりの再訪ですが、何も彼も、以前のとおりです」

とのこと。

どんどん新しく変わってゆくのを発達とのみ思うのは非文化か。追われるように次つぎと機械化、インターネットや携帯電話でひどい事件が次つぎおこるのをみますと、大切な大切な、人間のこころが失われています。

京も、変わらぬ真の美を活《い》かす町でありますように。

堂内の息吹に抱かれて

空、そして海。

時を超え、宗派を越えて、無限つきせぬ空海《くうかい》精神は、まことに巨《おお》きな存在です。のちに弘法《こうぼう》大師となられたお方は、みずから請来《しょうらい》した中国密教を儀軌《ぎき》に即し、ご自分の理解を展開する立体曼荼羅《まんだら》として、東寺《とうじ》講堂を形づくられたと申します。

朱塗の桟や柱の壮麗な大堂の天井に届くかと思われる大光背《こうはい》を背に中央の金剛界大日如来は智《ち》拳印《けんいん》を結んで、前にたつ者を視《み》ておられます。

いわば空海の霊想のなかに入ってきているような講堂のなかは、五如来グループを中心に、五菩薩、五明王、そして壇の四方に四天王像、密教によって初めて作られたものといわれる梵天《ぼんてん》（東）帝釈天《たいしゃくてん》（西）の二像、二十一像の息吹《いぶき》に包まれています。

敷瓦の上、静かに足を運びながら、かつてここに佇《た》ったであろう無数の先人たち、今、次つぎと詣で来る老若男女、また外国の人びとの思いをも共有せずにはいられません。

圧政に苦しんだ農民の一揆《いっき》戦火に炎上したり、地震や大風で損壊したりした講堂の「その時」、炎のなかから、瓦礫《がれき》の下から、必死に重い仏像を運びだした人びとの姿も見えます。ようやく持ち出された像が金箔《きんぱく》は剥落《はくらく》しながらもご無事でした。

国宝仏像群の迫力が胸をうちます。金剛法菩薩の右手の黒光りする分厚いてのひらは「畏怖しないで」とあたたかです。

すぐ後の金剛業菩薩も同じ印の右手ですが、微妙に異なった肉づき、お指欠けた金剛宝菩薩、金剛薩埵菩薩の笑み含まれるようなお口もとなどと、「それぞれが願っていらっしゃる慈の美しさ」を、仰ぎます。

そして私は、「空海自刻」と伝承される日本最古の不動《ふどう》明王像を拝むたびに、ひとりおののき、厳粛な甘えというべき実感にひたされてきました。密教界ならではの不動明王こそ、じつは実在の空海そのお人ではなかったかと。

真言《しんごん》に遠い無明《むみょう》を見つめ、自他の歪みと闘いつづける不動の愛の悲。この、何ともやわらかく優しいお不動さまに、生《な》ま身《み》の弘法さまが重なって感じられるのです。

明王像はいずれも主手明らかな真言祈念を抱き、繊細な火焔の光背に、よく古色《こしょく》をのこしています。

りんりんと筋肉に念力こめる四天王像、四羽阿吽《あうん》する鵝鳥座《がちょうざ》上の艶《えん》な梵天像、象に乗る帝釈天像のユニークな気品、鳥も獣も虫も草木も、宇宙の中のどんな小さないのちも、互いに関連し合い支え合っている実存相《じつぞんそう》です。

若き少年学生《がくしょう》の頃、悟りを求め、真をたずねて四国の山野を修行遍歴、大自然に孤を放って果しなき求法《ぐほう》を問答された魂、また大海を経て入唐した異郷の風土、天候、文化、人情、歴史などの相異を、極微《ごくび》まで知悉《ちしつ》された弘法生涯でした。

深遠な智識のみにとどまらない弘法さまの全感覚ともにゆらめく、堂内の呼吸です。

心《こころ》呼吸する庭の空間

あらゆる造形は、心の表現だ。

専門的なことは何も知らないまま、多くのすばらしい庭を見せてもらってきた。けれど「その時」と今は、印象が変っているのではないだろうか。刻々樹木も成長し、視界のかわるのを知っている。見る人間にも「時代」が転変する。

たとえば、京の修学院離宮《しゅうがくいんりきゅう》。細い道を半ばよじのぼるようにして上茶屋にたどりつく。北山、東山、そして浴龍池《よくりゅうち》へ降りてくると西山が視野に連なる。いつか、NHKの中継で、この池に小舟をうかべてのせてもらったことがある。「何というぜいたくか」と、ずいぶんお叱りをうけたが、ごいっしょだった伊藤ていじ先生が、遠近たたずまいの繊細さを呟《つぶや》くように教えてくださった。

京では「借景」とよぶ他の風景とりいれの形を、「生けどられている」というふうにおっしゃった伊藤先生の庭の教え、どんなにか実際に、庭を造る職人衆の実感に基づく表現なのだろう。

何といっても紅葉の秋の修学院が、いちばん心にのこっている。桂離宮、西芳寺（苔寺）なども、秋がなつかしい。もとよりその建築の繊細な伝承美、舞台をしめる石組や木枠、細《こま》やかな木版刷りの襖紙《ふすまがみ》、手漉《てす》き和紙の障子に至るまで、庭明かりがものをいう庭だ。

鳴滝に住んでいた頃、何か憑《つ》かれるように龍安寺《りょうあんじ》の石庭《せきてい》に通ったことがある。

この「石」の多様な照りかげり、季節によって、天候によって、にじみ出る石の色が、思いだしてもせつない。石は石なのだが。しかしその石の美しい角度の据えかたが据えた人の声だろう。正面の石の裏に造庭者「山水河原者《せんずいかわらもの》」とよばれた人の名が刻まれているという。自分のできない力、美をみせる人びとの尊さが、この現代「何をすればいいのか」悩む若者を美的にうってほしい。パリから見えるたびに必ず龍安寺に立ち寄って、石の空間にむかい合われた哲学者サルトルとボーヴォワールのお二人をなつかしむ。

石で、思い出した。西本願寺の飛雲閣《ひうんかく》に虎渓《こけい》の庭を見せてもらった時、北能《きたのう》舞台の下に敷き重ねた丸石がくろぐろと波うってみえた。先日、京の民家、杉本秀太郎氏のお家で、ちょうど家人が一つ一つの石を洗って、このうろこ重ねの石庭の手入れしておられる様子がテレビに映った。水をかけると、いきいきと黒ずむ石だけの小さな坪庭。この民家の坪庭は見せていただくことができるのだろうか。

中尊寺《ちゅうそんじ》に仰いだ一字金輪《こんりん》像のあやしい美しさに、岩手の地に華咲いた仏像の歴史が偲《しの》ばれた。ふもとの毛越寺《もうつうじ》ののびやかな雰囲気に、ほっとしたことを覚えている。毎年春を待ち兼ねて京に遊んだ各地の人びとから「何といっても紅枝垂《べにしだれ》がすばらしいですね」と何度かきいた。

沖縄の緋寒桜《ひかんざくら》から、北海道の大島桜まで、長い列島を北上する桜前線、京の春は一重咲から八重咲まで桜である。平安神宮、賀茂川《かもがわ》半木《なからぎ》の道《みち》といった紅枝垂《べにしだれ》の名所は、さまざまな小説にも活かされている。

ポーランドの映画監督アンジェイ・ワイダ夫妻は、京を愛するお人。私財で創設された「日本美術技術センター」に「京都庭園」を創られたそうだ。アメリカにも日本庭園が作られているそうだが、私はヨーロッパの王宮や公園を見た昔、いわゆる庭という形の彼我の大きなちがいが胸にのこった。

王宮貴族の館と、禅などの宗教造庭だから当然であろうが、日本の庭は、まず孤の歩みでひそとたどるべき細道だ。友人とも前後にならなければ歩けない。栗林《りつりん》公園、岡山後楽園《こうらくえん》、金沢の兼《けん》六園《ろくえん》など、ひろやかな公園でも民衆広場といった感じはない。回遊の見えかくれに景観のくふうがある。一望、図案にも似た外国の庭園、公園は、民衆がともに歩くことができる。人間関係の歴史、習俗、好みの樹々、それは、歩幅や道幅、池の線にまで届いているような気がする。

せっかくの石の姿、多様多相の石のなかで、「胸凍る表情」の庭の主石は、醍醐寺の三宝院だ。謡曲『藤戸《ふじと》』のものすごさ。源平合戦に藤戸の渡りで、馬でも渡れる浅瀬を佐々木源氏に教えた土地の若者は他言せぬよう殺され、石にくくりつけて海へ沈められたという。私は石といっても、やわらかな温和な石を連想していたが、表書院の前に据えられた凄惨な「藤戸石」には驚いた。

戦いは策謀、惨虐は古今東西つきせぬ。悲惨がうとましい。

瀬戸内海そのものが美しい海の中庭だけれども、世界最初、広島に投下された原子爆弾の爆発を、水面は映していたはずだ。人は人によって環境を変え、美の意味を変える。

クロード・レヴィ゠ストロース氏が、

「以前日本の全風景に高度な文化を観《み》た。寺社や民家や庭だけでなく、労働場所とされている農村の茶畑や水田の美しさが、そのまま庭である。これからの日本がこの独自の美しさを無くしては、とうてい世界の文化のにない手とはなれない」

と話されるのをきいた。

これは、多くの日本を愛する外国人の心ある忠言である。

もう美を語るのに、胸いたむことばかりだが、私は銀閣寺《ぎんかくじ》の白砂《しらすな》や、上賀茂《かみがも》神社の清らかな方《ほう》錐型《すいけい》の砂造型が好きなだけに、その白が、汚れない白の空間であることを念じている。

奈良の慈光院《じこういん》や、冬の雪になお思慕を宿す三千院《さんぜんいん》、渡廊に坪庭を見る大覚寺《だいかくじ》、大沢池《おおさわいけ》の堤。

とても、とても記し切れない庭への思い。

わが庭の楓の幹をさすって散紅葉を待つ人びとに知らせ、寒桜咲くそばの庭石にこぼれる花びらを摘んで水に浮かす。庭は、心の呼吸する喜びの空間だ。

みほとけの道をたずねて

浄土真宗の門徒の家に生まれた私は、幼いときから母の読経を聞いて育ちました。そのころの女は大きな声なんか出せない時代ですから、安心して大きな声を出せるのが、仏壇に向かっての読経ではなかったでしょうか。阿弥陀《あみだ》さん、親鸞《しんらん》さんに、言いたいことを一生懸命に母は訴えていたんですね。

母は読経のあとに、必ず蓮如さんの「朝《あした》には紅顔《こうがん》あって、夕《ゆうべ》には白骨《はっこつ》となれる身なり」の白骨の御文を大きな声で唱えていました。

私は生まれつき体の弱い人間でしたから、「この子はどうせ死ぬ子や」というふうに家中みんなが思っていました。そこへ「白骨となれる身なり」と、毎日、「白骨、白骨、白骨」と聞かされていますから、「自分は死なんならん、自分は白骨や」と思い込んで育ったわけです。ですから、死ぬ覚悟だけは仏壇の前でさせられて育ったんです。

十三、四のころに結核になって、家で安静にしていましたときも、母はお数珠を持ってきて、「もしもな、お母ちゃんがいえへんときに気分が悪うなって、しんどなったらな、お母ちゃんと呼ぶかわりに南無阿弥陀仏て言いなはれ」

と言って、お数珠を枕元に置きました。

「死ぬときはみんな南無阿弥陀仏て言うて、連れていって頂くんやから、お母ちゃんかて、だれもいやへんときに寂しなったら、そうするんやから」

と言いましてね。


母は堅門徒《かたもんと》でしたから、阿弥陀さん、親鸞さん一辺倒です。「ほかのことに気を散らしてはならない」と言われて育ったものですから、仏像は拝むべきもので、仏像を拝観に行くというような発想はございませんでした。けれども、私が二十歳のころ、お年上の女性に、

「岡部さんに逢わせたい仏さんがあるから、いっしょにゆきましょう」

と言われて連れていってもらったのが、法隆寺さんでした。

お背の高い、流麗な百済《くだら》観音さまの前に、私が立って観ていますと、その方が、私が御前に立っているというのがうれしいと言って、涙ぐんでおられました。その方の好きな方が、戦争に行かれてましたから。戦地にゆく前に、当時の男性の中には、おまいりされていた方があるらしいです。私はそんなことも知らないでいましたが、その方ご自身の夢があったんでしょうね。

それで、法隆寺さんのつづきに中宮寺さんへおまいりして、そのころは畳の上におられた如意《にょい》

輪《りん》観音さまを仰ぎました。その時が、み仏とのいちばん最初のお出会いでした。

私は古寺仏像を巡礼する仕事をとおして、ほんとうにたくさんの尊像にお出会いさせていただいています。「好きな仏さんは?」と言われたら、広隆寺《こうりゅうじ》の弥勒《みろく》さま、聖林寺《しょうりんじ》の十一面観音さまなど、際限なく思いだされます。

私が合掌するのは、信仰からではありません。それが造られて以来の歴史を考え、造った人、造らせた人、その時代の民衆、そんなさまざまな思いを担ったご存在でいらっしゃる。どんなにかたくさんの方が祈り、合掌されたでしょう。数えきれない人びとの心を受けてこられたご存在に対する敬意でした。

仏像は、いろんな仏教の思想の一部を表現したお姿です。私ははじめ忿怒《ふんぬ》像は好きではありませんでしたけれど、怒るお姿も、愛による怒りがあるわけです。神護寺《じんごじ》の本尊である薬師如来さんに初めてまいりましたとき、

「ほんとにおまえなんか救えない。救うことはできない」

と言われたように思いました。

「そや、私は救うたらいかん人間やな。私みたいなもん救われんほうがええねん」

と、そのときご本尊に教えていただきました。

叱られるべきことには叱られるのが、本当の姿です。叱られるようなことをいっぱいしていて、

「お願いします」言うたら「おお、よし、よし」と言われるよりは、「お前は、とても許すわけにはいかん、助けるわけにはいかん」と言われたほうが、真実を知る。私は自分を否定されることでもいい、真実が知りたい。だから、変な言い方だけれど、いちばん好きなきびしい仏さまです。

いつくしみをもって観ていただくのは、ありがたいけれど、厚意をもっていてなお「こういうとこはこうよ、間違ってると思うよ」というふうな、目を開かしてくださる存在を求めているわけですね。できれば、そこまではとてもいかないけれど、こっちの言う一言が、向こうさんといっしょに喜べるような言葉が言える人間になりたいなと。

そのためには、やはり常に新しく、刻々新しく自分をよき方向につくりかえていく努力の中にしか、瞬間的にしか生まれないのですけれども。

「悟る」ということをよく言われますが、本当は「悟り」とは、いちばん最底辺になることではないかと思います。阿弥陀さんは、衆生が往生するまでは自分は最後まで仏にはならないと言われたと聞いています。つまり、そういうよき力をもった人ほど、低く、低く、自分より下の人びとを喜びに救い上げるためのご存在であるべきであると思うんです。

宗教と言われて思うのは、仏教もそうですけど、たくさんの宗派ができて、自分の宗教、自分の宗派はいいけれども、やはり差別する心が伴ってまいります。それがもとになって殺し合いもしています。

日本の歴史をみてもそうだし、世界中、今だってどれだけおびただしい殺し合いがなされているかわかりません。宗教の名において殺しますか。ですから、私は、何にも信じられない、信じたくない。

お釈迦さまは王子であったけれども、王城を捨てて、妻を捨て子を捨て、修行のためにいろいろな苦行をして、菩提樹《ぼだいじゅ》の下で、自分の身を責めても何の悟りにもならないと思って、元気になられました。それから、仏教が始まる、仏法をあちこちで広げられる。

そこまでで話はみな終わるけれども、お釈迦さまの母国は、他の氏族によって滅ぼされたということを聞いています。

お釈迦さまは母国を滅ぼされたときに、母国を守るために立ち上がって敵と戦われなかった、武器を持たれなかった。

滅亡させられる母国を、もし武器を持って守りに行かれたなら、お釈迦さまはお釈迦さまではない。一人の敵でも殺されたなら、釈迦如来は釈迦如来ではない、仏教は仏教でありえないと私は思っています。

伎芸天女

はじめて秋篠寺《あきしのでら》を訪れたのは、今から四十何年か前になると思います。当時は庭園らしく造られていない自然な林の寺庭でした。

あきしの。

私はこの発音と、自然の趣が好きで、亡くなられた先代、堀内瑞善《ほりうちずいぜん》ご住職や、まだ大学生でいらした当代ご住職にあつかましく親しんで、何度もおたずねしています。その秋篠寺本堂に守られていらっしゃる立派な仏像群、ふっくらまろやかなご本尊薬師如来坐像や日光・月光両菩薩像、個性の十二神将像、梵天・帝釈天さま、お変りないでしょうか。

それに、私が圧倒された別棟の太元帥明王《たいげんのみょうおう》など、いったい、どういうお方の筋肉芸術の表現だったのでしょうか。あまり忿怒《ふんぬ》形の表現に心近くない私ですのに、この大明王《だいみょうおう》には感動しました。

なつかしい秋篠寺です。

そしてそのみ堂のなかで、特別の余韻が今日《こんにち》もなお感じられる御像は、多くの人の魂を讃仰させてやまない伎芸天《ぎげいてん》さま。

私は今もあのおののきを忘れられません。初めて伎芸天を仰いだ時、何の予備知識ももたなかった私は、その美しさ、美しいお顔におののきました。

うつむき加減のセピア色のお顔、そして結い上げられた髪には朱色がのこっていました。伏せ目のまぶたの僅かなお目から何を視《み》られているのでしょうか。つつましいお鼻、そしてひとすじの紅を含む唇を支える顎のやさしさ。

奈良朝以前に伝わっていた（秋篠寺小誌によると）という密教経典『摩醯首羅大自在天王神通《まけいしゅらだいじざいてんのうじんつう》化生伎芸天女念誦法《けしょうぎげいてんにょねんじゅほう》』に描かれたとか、万物創造の最高神、大自在天《だいじざいてん》が「作諸　伎楽忽然之間《もろもろのぎがくをなすこつぜんのあいだ》」たのしく遊んでいらっしゃる時に、大自在天の髪の生えぎわのなかに、この伎芸天女が化生《けしょう》したということですが。

伎楽《ぎがく》。きっと、踊ったり、歌ったりなさっている大存在の汗の露のように生まれた天女なんですね。今だって歌ったり踊ったり、人びと愉悦のひとときには、快よく喜ばしいものがいっぱい虚空に生まれているのでしょう。

こんな伎芸天さま、よくもみごとに作像されたものと、経典からかくも美しく、愁わしげな、気品高い艶《えん》の表情が形になったことに、私は、おののいたのでした。

そして、その気品高い艶が、お首だけにあって、しっかり支えている体部に、まったく異質の力を感じたのです。

頭部は、天平《てんぴょう》時代の乾漆《かんしつ》。

体部は鎌倉時代の作。

長い年月の間には、さまざまな転変がみられます。そして次つぎと新しい解明、発見もあるでしょう。私は仰いだとたん、御首にばかり感動して、この気韻が、全身、体部にまで流れないのをふしぎと思ったのを、このような説明をうけて、納得したのでした。

清らかな霊水をうけて目を洗い、何度も何度も仰いだ伎芸天女さま。

尽きせぬ気韻に今も包まれているような気がいたします。

みかえり阿弥陀

個人的に深い悲しみに在る時でも、大自然の推移が心を慰め、情愛をはぐくんできました。その京の四季も、どんどん地球的変化の影響をうけてきたような気がします。今年の紅葉は如何かと案じて。

浄土宗西山派、聖衆来迎山禅林寺《しょうじゅらいごうさんぜんりんじ》という寺名を見ましても、山越来迎図《やまごえらいごうず》が思い描かれます。もとは密教の道場であったようですが、何代か経った平安中期、永観《えいかん》律師が七世の住持となって思いがけないエピソードが生まれました。

他にない形の阿弥陀尊像が、本堂のご本尊です。

あまり大きくない、どちらかといえば少女のように清楚なご様子の立像で、お身体は正面むいていらっしゃいますが、ほっと左側にお顔をむけて何か待っておられる趣きです。

これは永観師が東大寺に三年の任期をつとめ、その間、大切に帰依し守られた如来堂の御主。永観師のただならぬ恋着の「夢」か、任期を終えて京へ戻ろうとした時、「私もついてゆく」とおっしゃったので、東大寺からもらいうけて背に負って帰ってきたというのですが。こんな重い尊像を、ほんとにおんぶしてきたのでしょうか。

東大寺の僧たちが、尊像とりかえしに追いかけてきましたが、とうとう、永観の背を離れられなかったといいます。永観は自坊でも特別の須弥壇《しゅみだん》を作ってその中心に安置、ぐるりを念仏して廻る行道《ぎょうどう》に励んでいました。

ところが、ある時、念仏をとなえながら廻っている永観は、自分ひとりの行道なのに、ふと自分の先を、まるで自分を先導するかのように動く影を見ました。

よく見ると、それは壇上におたちになっているはずのご本尊阿弥陀さま。永観は驚いてたちすくみました。するとその阿弥陀さまはふりかえって、「永観おそし」と言われましたとか。永観の感激は、想像することもできません。

「永観、おそいよ」

と。

永観律師は、いつも自分の理想を夢見ている人だったのではないでしょうか。思慕し、熱愛する阿弥陀尊像からいつも見守られ、導かれている実感が、この数々のエピソードに伝承されているのでしょう。

平安の永観時代と、この尊像の作成時代（室町といわれる）とは大きくちがっています。

先人の夢を形に成したご本尊、私も、その前に坐り寂然《せきぜん》と仰いでいました。そしてまた、そのお目にみていただける角度へ座を移して、飽かず「みかえりたもう阿弥陀さまのみ心」を思っていました。

前進は未知への勇気です。ですが、正しい前進のために、たちどまって自分をふりかえることが大切でしょう。ともに情愛浄土、念仏、阿弥陀浄土を念じる衆生を待つのこころ。おくれる者、弱い者を切りすてて、先へ先へつっ走る現代の風潮にとって「みかえりの姿勢こそ真愛の尊厳」ではないか。そこからの出発こそ。

すばらしい多くの堂塔が散在し、臥竜廊《がりゅうろう》でつながれる禅林寺が、今に永観堂とよばれていま す。みかえり阿弥陀さまへのひとすじの思いに。

百済観音を仰いで

戦争は激化の一途をたどっていた五十余年も昔のこと。私は大阪から汽車で法隆寺駅に着き、田畑のあぜを紅にいろどる曼珠沙華《まんじゅしゃげ》の間を通って美しい松林へはいった。

どこに戦さがあるのか――。

他に人影を見ないしんしんと明るい寺域の静けさ。私を案内して下さった年上の女性は、「召集された若者たちが『もうこれが最後』と仏像にお別れしてゆくのよ」と言われた。

「そう、そのまま還ってこない人もいる」

と。

どんな想いで見つめた瞳だったか、どんな残像を抱いて去っていったか。私は、生まれて初めて「百済《くだら》観音」の前にたち、その縹渺《ひょうびょう》と丈高い像に流れた歳月を思いみた。仰ぎ得た人びとの念と、淡雅な光をたたえて仰ぐ者を見守った百済さま。以来、幾度か。

飛鳥《あすか》時代の彫刻で、もちろん国宝だが、どうして百済の名をもつ観音像なのだろう。朝鮮にはない樟《くす》の一木造りだとか。

無限の虚空《こくう》をさしだした右てのひらの上にのせ、尽きせぬ霊水の瓶を左手にもたれた虚空蔵菩《こくぞうぼ》薩《さつ》かと思ったが、化仏の宝冠が備わっているとかで、聖観世音菩薩像。

すでに印度から中国大陸へ、そして朝鮮半島を経てこの列島各地に仏教文化が花ひらいた。飛鳥以前も、それ以後も、おびただしい渡来者が学問、技術、多様な文化とともに日本の源流となってきた歴史の証《あかし》だ。

私は自分が少女期に仰いだ印象が濃くのこっていて、百済さまの茫とした優しい面ざしと、ういういしいおからだつきに、いつも、水仙少女といった趣きを感じる。

とくに、下半身のお膝から下がバランス無視の長い線だが、そこに、そうせずにはいられなかった神秘なあこがれがこもっていて清麗である。まさに一条の白炎《びゃくえん》ふきあがる精気に、両側を裾へ流れる天衣はためくの思い。

百済観音堂は、この百済さま一体の前後左右、全身からの荘厳が拝めるみ堂だろう。初心あらたに参入の刻を得たい。

塔の面影

一九九八年は、台風被害の多い年だった。

美しい大自然に生かされてきたこの列島の歴史をかえりみると、古代にも台風や地震の多かったことが『古事記』『日本書紀』『続日本紀《しょくにほんぎ》』などの記述をみただけでわかる。

いつも「次」がわからない。案じながら暮らしている。いちいち覚えていられないけれど、本年の台風七号のすさまじさは、私がここは大丈夫と安心していた奈良県の室生寺《むろうじ》に大打撃を与えてしまった。

地元京都の北山杉《きたやますぎ》も、一万八千本をなぎ倒されたとか。室生寺五重塔の五層から成る屋根の北西部が、強風で倒れてきた杉の巨木の直撃で全層にわたって破損したと、新聞やテレビで知らされたショックは大きかった。

私が一九六二年に出版した『観光バスの行かない……埋もれた古寺』(新潮社)に、「いのちある塔」として、室生寺をとりあげている。一九六〇年の取材になる記述だが、じつは仕事ではなくてそれまでにもたずねた室生の里だった。そして一九五九年秋には伊勢湾台風で、宇陀《うだ》川、室生川は川相を変える山津波、人家も十数軒流失ということで、「これは、大好きな室生寺がめちゃめちゃにされたのではないか」と心配でならなかった。

というのは、何の予備知識もなく訪れていた室生寺境内を勝手に逍遥《しょうよう》していて、思いがけなく見上げた石段の上に、なんとも美しい五重塔を発見し、自分が人間であることを忘れてしまうほど「好き」になっていたからである。

軒の出のふかい五つの屋根が、内側の地棰《ぢたるき》や飛簷《ひえん》棰をみせてひだを重ねる思いがけない角度。みるからに神経のこまやかな感じがするのは、しなやかな女身にも似た塔身の細さからであろうか。

なんという可憐《かれん》な塔かしら、てのひらの間にあたためて持って帰りたいような、より小さくしてのみこんでしまいたいような、そういう一種の衝動にうちのめされて私はたちすくんだ。不意に涙がにじんできた。それにはおどろいた。すでに心こわばり、何につけても涙を意識することなどあまりなくなっている私だったからである。

われを忘れて「好き」になった室生寺の五重塔。一九六〇年にたずねた時、あれだけの台風のあとで、五重塔は何の傷《いた》みもなくすっきりしているのを見上げて、この室生寺のすべてのたたずまいが、じつに立地条件よく造られていることを知った。

奈良末期から平安初期に建てられたものときく五重塔は、この長い年月、手入れは大切にされてきたであろうけれど、ここまで破壊されたことはなかったと思う。私は全長十六・二メートル、全国で最小ときく優美な塔にあこがれて、その中へ入れてもらいたいとまで考えた。

女は、立ち入り禁止とされた仏法のせかい。女人禁制の高野山《こうやさん》へ、登ることを許されない女性たちの真剣な祈りにこたえて、この室生山に、「女人高野」と称される美しいお寺が創られたのだ。

しかし私は、敬拝すべき立派なみ仏に動かぬ自分が、建築物の小塔にここまではげしくゆさぶられるのがなぜか、その「こころのふしぎ」に、あえいだ。

愛さねばならぬものを愛せぬ孤独、愛すべきものではないものを、愛してしまう悲しみ……。

うちも台風で壊された所を直しに、ずっと見守ってくださっている大工さんが二人で来て仕事をして、縁に休みながら、この室生寺の惨状を話しておられた。

あんなすぐそばに、風に倒れて五層の屋根を手ひどく壊してしまうような大木があったかしら。出入りの方がたがお力を合わせて、あの、私を恋させた五重塔の面影を、みごとに復原してくださるだろう。あの九輪の上の宝蓋《ほうがい》に飾られた宝瓶《ほうびん》に、天地の雨、浄水、霊水を思って仰いだものだった。

水のいのちがあってこそ、生命体が存在しうる。室生寺は全域、しゃくなげの花。このやや紫がかった花の道を歩きたいばかりに、何度も室生をたずねたが、さあ、来年の花はどうであろうか。

五重塔は二年、三年、仰げないままかもしれない。柿葺《こけらぶき》の、繊細な檜《ひのき》の皮を柿《こけら》とするさえ、材料も人手も大変らしい。

人も、花も、建築物も、予想を超える運命のいたずらに遭う。いずれは消えてしまう私だが、できればいま一度、あの「いのちの塔」を見上げたい。

解放の名園

秋嵐を思わせた日の翌日でした。久しぶりに東本願寺の渉成園《しょうせいえん》を訪れましたのは。何とすがすがしい空気でしょう。何と美しい静寂でしょう。前日の雨風にすっかり洗われて、澄み切った雰囲気です。

大空を仰がずには見られない大銀杏も、うっすら黄ばんでいます。いつまでも暑かった秋の遅い紅葉も、一、二本は紅をみせていました。

この壮麗な庭園を、また逍遥させてもらえるなんて予想していなかっただけに、入ってすぐのお池で、大きな鯉の群れに迎えられて、

「ごめんなさい。何も持ってきませんでしたの」

と詫びずにはいられませんでした。

池の端へしゃがんでいる私の前へ鯉が集まってきて、大きな口をぱくぱく開きます。池水揺れて、ぱくぱくの思いがこちらへ響いてきますよ。鯉の口波《くちなみ》合唱曲……。

いかにも名勝にふさわしい風景・建物・石組・流水、どれにもみごとな名称があるんですけれ

ども、私にはとても名称を覚えることができません。

一歩一歩、草を踏み、石橋を渡り、雲流れる空に吸い込まれ、緑かがやく樹木（一本一本由来のある名木）の間を漂うのみです。

ずいぶん以前、入ってすぐの広間（閬風亭《ろうふうてい》）がつづくところで、何だったのか二百人を超える集会があって参加したことがありました。

この間も「臨池亭で〝下京区民茶会〟が行われた」というニュースがありましたが、どの建物で何がひらかれてもいいような解放されている枳殻邸《きこくてい》なのです。下京区が定められて一二〇年という記念茶会。これは住民主体の京らしい茶会でしょう。

幸いの好天に恵まれて、三々五々散歩している人の姿がありました。遠来の客もありましょうが、近くに住む人も、思い立てばすぐこの別天地にこられるうれしさ。

外国人の男性が、小さな赤ちゃんの眠っている回棹廊《かいとうろう》のそばで涼風を味わってお守りしていらっしゃるのです。「まあ、可愛い！」と見入っていますと、赤ちゃんが目を醒まさないように「静かに」といわれる気配。そっとそばを通りぬけて、傍花閣《ぼうかかく》に立ちどまりました。

二階へ上がる左右側面の山廊がしゃれていて、このふしぎな二階の天井中央には、十二支を配した磁石板《じしゃくばん》があるそうです。桜樹のそばに傍花閣は、お持仏堂である園林堂《おんりんどう》のご門という趣き。モダンな造型です。

母は心からの阿弥陀さま親鸞さまの讃仰者で、毎朝夕の読経のあと、必ず蓮如上人の御文をとなえて、私に死への覚悟を教えつづけてくれました。園林堂に深く合掌。

我やさき、人やさき（中略）
朝には紅顔ありて夕べには白骨となれる身なり。

まことに具体的で、科学的な真実です。

すくすく伸びた木の、葉が散るように、誰にもやってくる「その時」。まるで漆で塗ったような鮮やかな紅色の葉が散っていました。渉成園に散った、いのち記念葉、大切に拾ってポケットに収めました。

思いがけなく、立派な大石に、句仏《くぶつ》上人の御句「勿體《もったい》なや　祖師《そし》は紙衣《かみこ》の九十年」が刻まれているのを拝見しました。上人の御字だそうで、襟を正しました。

さまざまな石、また岩。古い庭園の至るところ、いつ、どこからもたらされたのか判らなくなっているみやび石、荒石、奇岩の連続です。西洋の美感覚と遠い回遊式庭園に、私たちにはごく自然に見えている石が、その石でなければ発しえない言葉、こころを放っているのです。

三十五年の昔、詩仙堂《しせんどう》をたずねて、ほろほろと散りつづく白さざん花の落花に向かい合ったことがあります。その造庭は儒学者石川丈山《じょうざん》で作庭の妙を尽くされている演出を感じましたが、「自分は礼記にあるように、婦人の手に死なないのを本望とする」なんて女性差別思念の丈山であることを知りました。その丈山の作かもしれないといわれても、この渉成園の印象はまったく異なります。

ここは何より明るくて、広やかです。積極的に明るいたたずまいに、ともに浄土への真宗門の広さを感じます。京は京の美しさを活かすことが文化の粋でしょう。園の外にビル建築が望まれてさびしいことです。

亀石《かめいし》井戸を見て、代笠席《たいりつせき》の細い縁に腰をおろして、やすませていただきました。修学旅行中の男女学生さんたちも庭をめぐって微笑んでいます。「東京からきたの」とのことでしたが、その感性がこの園に包まれて気品高い京を呼吸してくださいますように。

枳殻邸と名づけられたゆかりの「からたち」は、ご門のすぐそばに少し残っているだけでした。

からたちの　花が咲いたよ
白い白い　花が咲いたよ

北原白秋作詞、山田耕筰作曲の「からたちの花」は、今も愛唱歌の一つ。

からたちの　とげは痛いよ
青い青い　針のとげだよ

そのまっ青な針のとげ、とげも必要。白い花も金の実もついていないからたちに、ふと、

みんなみんな　やさしかったよ

の渉成園見学の余韻が、しんと胸をうって、清いとげに触れて、さよならしました。

建物の木組、年輪、造作の妙に、大工棟梁やお職人衆の伝承が生きています。石を運び石を据えた人びとの心が語っています。

この場に佇《た》って、伝承とはただその形をつづけるのではなく、時代、刻々の魂を形にこめつづけることなのだと、実感しました。

自然天地よ清澄なれ
人間社会よ、愛の希望を！

自然を大切にして

やはり、私も、大阪から神戸へと動いていた昔、「京都は暑いやろなあ」と、思っていました。戦争で大阪のわが家は米軍第一回空襲で炎上。神戸が大空襲で燃え上る状況も大阪湾の高師浜《たかしのはま》海岸からまっすぐ北西に当たる火の手を眺めていました。京都は町がそのままのこった（所どころの空襲被害はあったそうですが）たたずまい整っている京《みやこ》・都《みやこ》……。

やんちゃな大阪娘は、さぞや行儀正しいであろう京の町なか、と思うだけで、「私には、とても」と「ご遠慮」していました。

ところが、その京へ取材にゆかないと、仕事にならないことが多くなりました。一九五四年から原稿を書く生活が始まったからです。まだ母と共に神戸に住んでいた私でしたが、歴史にせよ、仏像にせよ、奈良や京都をたずねて学ぶばかり。おかげで、暑くても寒くても、訪れなければならない土地になりました。

そして結局一九六四年の秋、住まいそのものを京へ移したのです。最初は嵯峨で、当時は、まだずっと田畑のつづく鄙《ひな》びた土地でした。そして三年後に北白川。今はどうでしょうか、わが家のあたりは学生街で、二階で徹夜していると、学生さんがお友だちと討論して歩く声がきこえてきました。

比叡山おろしの風が吹き、雨も風も結構激しかった記憶があります。たしかに京盆地は、高温、多湿の気候ですから、それぞれの家で、それぞれのくふうが必要でした。

けれど、何よりも日常茶飯事、京の四季の移り変る景色がその気候のなかで存在していることを大切に思うのが、喜びを生む姿勢でしょう。何かくふうを申上げようと思いますが、私の場合、それは積極的な現状肯定でした。とりたてて涼しいように……といったって、私自身のからだに合わないことはしたくない。

北白川で八年間暮らして、北白川でも嵯峨でも、狭く乏しい自家の庭の庭木をいとおしむだけでした。現在の、鴨川から一〇〇メートルほど離れている紫明《しめい》通近くの住いへ移って、もう二十五年ちかくになりますが、それでも、同じような毎日で、特別なことはしていません。

今年も、鴨川沿いの料亭などが六月一日に始める慣わしの床《ゆか》桟敷が始まっているようです。昔は、季節、客人、そして料理をたのしみ、夕刻から川風や、山のシルウェットの影の色などに惹かれて味わったものですが、今日ではそれよりも、家にいるのが飽きないので、風通しのよいところにいて本を読んだり原稿を書いたりしています。

『歌舞伎十八番集』の「鳴神《なるかみ》」を、今ひろげてみました。京都へきて三十六年、何回おまいりしたことでしょうか、北山の雲ヶ畑に岩屋山志明院《しみょういん》という不動明王のお寺があります。

全山、背山の分水嶺からしたたり落ちる岩窟霊水の境で、すばらしい行場《ぎょうば》です。「鳴神」という歌舞伎は、日本を愛する諸外国で演じられることも多く、「その舞台」になっている場所ということで、外国人をはじめ関心深い人たちがみえるそうです。

「きいたぞ、きいたぞ」ではじまる舞台、ここに行法を重ねている鳴神上人は「戒壇」を設けたいと内裏へ願いを申入れたが、お許しがなく、その怒りに三千世界の龍神を封じ込めて、雨を降らせないという行法を徹底しています。

いつも思うのですが、これは田畑にお水がなくては、どうにも農家、都人とも干上がってしまう田植今頃の季節の物語でしょう。水が無くてはどうにもならない人の世、これは世界中に共通する悩みですから「鳴神」舞台が外国でも演ぜられるのでしょう。

朝廷の意向をうけて、鳴神の行法を破って豊かな雨を得ようとやってきた雲《くも》の絶間姫《たえまひめ》の話におどろいた鳴神上人は、壇上からまろび落ちます。そして姫の介抱をうけ、今度は逆に癪《しゃく》のさしこみを起した形の姫にさまざまにもてはやされ、飲んだことのない酒を呑まされてしまいます。

「ゆるしたまへや上人様、自らが恋慕よりさらさら落せし事には非ず（中略）勅命とは言いながら破戒させせしは君が為、あらもったいないなや」

上人の言っていたように岩にのぼって、七五三縄《しめなわ》を「ふつときればあらふしぎや一天俄かにかきくもり」望み通りの大雨となります。

どんなに北山の天候が、京盆地にとって大切かを示しているのでしょう。町のなかとは温度も湿度もちがって、一木一草、参拝者の勝手はゆるされません。

「山門の中へ食べ物を入れないでください」

と、最初お伺いした昔から今日に至るまで、まったく同じようにきびしくお山を守っていらっしゃるのは、志明院の田中眞澄《しんちょう》住職、そして知江《ともえ》夫人です。参拝する人の心がまず問われます。

いわゆる観光寺院のなかには、りっぱなお庭に蓮を栽培していらっしゃるところがあります。至るところにあるお寺、そして美しい絵や、染織や、みごとな造型の展示。

「京都へ来たら、まず動物園へゆくんですよ。平安神宮の庭も季節によって趣をかえますしね」

今は、住んでいる人より、やはり観光や、用事、集会などで京都を楽しまれる方がたのほうが、むしろ京の実情をちゃんと知っていらっしゃるのではないでしょうか。

仕事柄、わが家は遠くからの客人が多いほうでしょう。北海道、青森、岩手、山形、この間も東京からみえた方がたが、ふつうの民家で、何の冷房も施していないわが家にたどりつかれて、

「ああ、ほっとした」

といわれたのに、びっくりしました。

「どうなさったの」とたずねます。神戸の姉が「まだ冷房していないの?」と、毎年きいてくれるのですが、どうにも、私は冷房が苦手なのです。非文明もいいとこですが、自然なのが尊いと思っています。

だって、長い長いこれまでの歴史の間、京の民家、どなただって冷房なんて無かったわけでしょう。

東京からみえた客人たちは、言われるのでした。

「あのね、新幹線が冷たいでしょう。降りてほっとしたらバスも、地下鉄も、タクシーもみんな冷房なのよ。あー、いやだった。ここへはいって、ほっとした、ほっとした」

その、真底、ほっとしたお声に、居合わせた皆が共感しました。

冷房の無いことを申しわけなく思っていたのですが、もはや非自然しかない日常に、あえて自然の子である人間が自然でいられるためのくふうが貴重なのではないかと思われます。

いつか、氷室《ひむろ》神社の方からと、北山杉の中川からはいった道との交叉点を、「ここが京見峠《きょうみ》ですよ」と教えられたことがあります。

「ああ、もう京の見えるとこへ帰ってきた」

と思って、くるまから降りて下に一望できる京の都を眺めたわけですが、その暗さが忘れられません。

それまでは百万ドルの夜景を誇る神戸に住んでいましたから、市民の数といえばもっと多い京の町を見せてもらったわけですが、暗い……。その暗さこそ、京の文化の基点なのだと私はうたれて、「底力の凄み」を感じました。

もう現在では、お寺など、ライトアップしている場所もあり、外国からの居住者も多くて、前とは比較にならない明るさだと思いますが。

あの氷室神社では冬かんかちに凍った自然の雪氷を埋めておいて、六月、氷室の会《え》の前に車に積んで宮中まで運びましたって。登り坂の道を役人たちが「早く、早く」と見張ってかけ声をかける中を、汗みずくの土地の人びとが車をひいたんですね。どんなにかほっとしたでしょう、この京見峠。

宮中はもとより、支配者、貴族たちの邸には、小さな氷室（冷蔵庫）がつくられていて、そこへも配ってゆく。カチ割りや、削り氷で女房連がよろこんでいる、ま夏のひとときの涼だったのでしょう。それこそ、現在では何でも冷たく冷たくと、冷しすぎた食物ばかり。私は、あの「チン」といって温度復元する解凍設備を持っていません。

自然にしていて、腐らないよう……、ふつうに暮らしたいのです。夏の京都は「昔はお正月よりもお正月どした」といわれた八坂《やさか》神社の夏祭、祇園会《ぎおんえ》が中心のように思われます。

宵山、と申しますか、宵宮でしょうか、山・鉾などの用意ができて、若い人びとが祇園ばやしを奏しているのが流れる四条通の人出はたいへんなものです。

浴衣もこの夜、いちばんの晴着でしょうか、男性も女性も、好みの浴衣にきりりと帯をしめて、さっそうとみえます。その心意気に爽風がたったのでしょうか。

四条通をずっと東へいって、四条大橋から河原に出て鴨川の夜を歩き語る人びともあります。この日はとてもそれどころではないでしょうが、お祭りがすむと、こうした鴨川河原物語は、そこから始まるといえるかもしれません。

若くなくては、もう夜の散策が無理ですね。せいぜい、古い木造民家に可能な夏の風趣、毎年、軒に吊るしてきた風鈴を又、風に逢わせて、わが飲み物は麦茶です。私は結核で女学校を休むようになった頃、季節を問わず濃い麦茶を飲んでいました。ときどき、香ばしい麦茶の実を、ポリポリ噛んでいた記憶があります。

それから祇園祭協賛ということで、清水焼団地町《きよみずやきだんちちょう》一年一度の売出しがあります。大阪の生家は瀬戸物町《せともんちょう》といわれる通りに面していまして、日本各地の窯元が軒を並べているところで育ちました。一年一度「瀬戸物祭」の大売出しがあって、ふだんなら買えない卸問屋のお店も、一年間に余ったものを売り出されます。すぐ近くに、清水焼の老舗、小坂屋さんがあって、幼い頃から一年一度のこの自由に、自分の使うお茶碗やお湯呑を求めていました。

そのお店が、今では京都の清水焼団地町に在って、なつかしい方がたがいらっしゃいます。毎年、出入りの方がたといっしょに小坂屋さんへ行って、並べられている器のなかから好きな品を選び出すのが、たのしみです。

幼い時から、私は染付が好きで、藍と白を基本とする皿や鉢を愛してきました。たとえ半端な数でも、好みの器で食事をするのが、日々の喜び、客人たちも、ご自分の好きな器を選ばれるようです。

どんなに好きでも、割れものは割れもの。どんな拍子に別れなければならないか、わかりません。

二つ年下のご当主、小坂進氏が、昨年見せて下さった曜変天目《ようへんてんもく》茶碗には、おどろきました。小さな碗の底にかがやく多様な光の数々。まあ、こんな光が生まれるのですかと、その創作に涙せずにはいられませんでした。

自分ものどが乾くように、お土も乾くと、「お水下さい！」と言っているような感じになります。鉢植や路地の椿に、どんなに自然の妙を見せていただいてきたか、わかりません。庭に水を撒いたら、ちょっと前の通り道にも打ち水いたします。

冬でも軒すだれそのまま、一年中、もう余りていねいに部屋の調度を夏らしくする努力をしなくなって、ただ、夏すだれ、簾戸《すど》。七月は蓮の墨絵《すみえ》のお軸をかけます。戦死した兄の書「徳」の横額は年中変えません。

でも、そのお水が、世界中、どんな恐ろしい状況になっているのでしょうか。戦争中、どんなにお水がなくて困っても、水質への不信は持ちませんでした。けれど、いまは。

すばらしい京菓子の涼風、昔のきものを夏のれんにして、窓をあけて風の通る道をつくって。昔の大阪で母は、ま夏になるときものの肩をぬいで、濡れ手拭いを巻いていました。

冬でも、私は眠る目の上に濡れ手拭いを乗せています。水質を心配しながらも覚悟の濡れ手拭いで目を守り、暑さにあえぎたくなる吐息のあたりを涼しくしているのです。

お大切に。

人間愛で手をつなぐ

久しぶりに、報恩講を勤行《ごんぎょう》の金沢のお寺へまいりました。私は大阪生まれですが、わが家のあった西区瀬戸物町《せともんちょう》界隈《かいわい》では、ご近所が持ちまわりでお坊さまの法話をきく、いわゆる法座がひらかれていました。

東本願寺別院を南御堂《みどう》といい、西本願寺別院を北御堂として、その二つの御堂がある梅田から難波《なんば》へのメインストリートを御堂筋と呼んでいます。

幼い時は、母の袖《そで》につかまって、いろいろな法座へまいりました。母が心から阿弥陀さま、親鸞聖人を信じ、朝晩、お仏壇を大切に守っていたからです。

大阪は一九四五年三月に米軍の空襲で炎上しました。母も亡くなってもう四十年余になります。何ともなつかしい報恩講のお寺、清らに拭きこまれたお内陣を前に、あつかましくも私が大阪弁で「報恩講《ほんこ》さん」にまいられたご門徒にお話ししたのでした。

自分の生きてきた道、結核で女学校も二年で休学、結局はそれ以後は勉強できないままで学歴はありません。そこへどんどん戦争が傾斜してゆきます。当時は天皇制忠誠、軍国主義でした。

本当は、殺してはならない救いの宗教界も、「天皇陛下の御為《おんため》に」と戦争に従いました。多くの僧侶も従軍されましたが、死者がでると冥福を祈る読経のためで、生者を死なさないようにする、戦争反対の闘いはみられなかったのです。

先日亡くなられた三浦綾子さんは、私より一つお年上。ちょうど同じ時代の少女で、やはり「天皇陛下の御為に喜んで死ね」と教育されて、そう信じて女学校を出ると小学校の先生になって、やはり生徒たちにその考えを教育してこられたのでした。

敗戦によって真実が明らかになり、すぐ退職して以後、ご病気やご苦労を重ねられ、すばらしいキリスト信仰に生きてこられました。綾子さんと、神によって結ばれた夫君、三浦光世さんとの信仰窮極の真剣な愛によって、深い小説を次つぎと出版して下さいました。

三浦さんは、私があの戦争中、見習士官と婚約しましたあと、その二十二歳の青年が、「こんな戦争はまちがってる。天皇陛下の為には死にたくない。君や国のためになら死ぬけど」と言われた時、そんな考えまったく知らなかった私はびっくりして「私なら死ぬ」と言って、その人の美しい非戦の心を傷つけてしまった、そして彼は沖縄へ配属されて戦死したことを後悔しつづけていると知って、私といっしょに泣いて下さったんです。

十何年か前、京へ来たからといって十分ほど我が家へ寄って下さったこと、一九八九年には旭川へ招いて講演させて下さったことなど、切なくありがたく思い出します。

綾子先生は、天上へ昇天されたことでしょう。私はいずれ地獄におちます。それでも、ご縁あって生かせてもらったこの世で、たしかに綾子先生のお手を握り、香り高い御魂《みたま》を呼吸させてもらえたことの尊さ、ありがたさ、夫君光世先生との刻々のお仕事ぶりも拝ませてもらいました。

現在の教育がまた、戦争方向になされているのをやめてほしい。若い人びとに、戦争でなく、人種や国籍、宗教や風俗のちがいを超えて天地共通の人類愛で、世界に愛を生きてほしいと、心から願っています。

とはいうものの、現在もなお世界各地に在ってはならない差別や憎悪、対立がみられます。この世に在ってはならないウランやプルトニウム、恐ろしい核存在は真実がわからないほど無限に在るそうです。そして、沖縄に巨大な米軍基地そのままです。この沖縄への無礼、大和人《やまとんちゅ》の一人として恐怖と憤り、申しわけなさ、やすむ時はありません。どうしたら、真の平和へむかって世界中の人間が人間愛で手をつなぐことができるのでしょうか。

私は、このお寺で、香ばしい手作りのパンをいただきました。話を終って本堂から廊下へ出ましたら、そこに一人の青年が仰《あお》むいて倒れていらっしゃいました。

思わずしゃがんでその色白のお顔を撫《な》で、お手をとり、頰《ほお》ずりしたのですが、そのお母さまがパンを作っていられるのでした。明るい表情のお母さまは、二十五年前、重い障害のある坊やをさずかられたので、その坊や、守《まもる》さんがパンやお菓子を作る様子をみるのがとてもお好きなことに気がつき、ハルユタカ小麦でパンを作ってパンやを始められたとか。守さんを「監督さん」とよんで、ごいっしょにお店にいらっしゃるそうです。

私は頰ずりしながら、守さんが敏感な感受性をもっていらっしゃるのを感じていました。守さんのお父さまは、「障害があるから余計に育てがいがあるよ」と、いとしんでおられる由、積極的に自己表現はできにくい守さんを、そのお気持ちを、察して察して育ててこられたのではないでしょうか。

お母さまのおもいは守さんよくわかっていらっしゃる。そして、ひょっとしたら私の声もきいて、そこにこめた私の心もよくわかって下さったのではないか……と、主催の聞善寺《もんぜんじ》の住職様ご夫妻に、篤《あつ》く感謝申し上げたことでした。

ラジオの深夜便は年齢を超え、立場を超え、いろんな方がたが、それぞれの事情をかかえて聞いていらっしゃるでしょう。

切実な訴えもあります。どうしようもない相談もあります。四年前には私も深夜便の録音に参加させていただいたのでしたが、涙で絶句したことがありました。

高年の私にもうインターネットやパソコンは無理。お声がきけて、お歌がきけて心に楽しい人なつかしさの揺れるひとときを、お大切に。

慟哭のお力

慟哭《どうこく》のお力にうたれて

水上勉著『禅とは何か』（新潮社）を、も一度開いてみようと枕元へもってきた日、思いがけない編集者のお声がかかった。

『新編　水上勉全集』（中央公論社）大山脈の終りの巻付録に一文を書けといってくださる。何の研究もしていない虚弱者に何が書けるか、申しわけないが一九七〇年、桜座談会の席で初めてお目にかかって以来二十六年という歳月。思い出でも書かせていただこう。

戦争中の「若桜散華」の悲しみ忘れがたい私は、敗戦も長い間「桜」というだけで考えたくない気分になっていた。

本田正次《まさじ》氏、先代の佐野藤右衛門氏、そこへ御母衣《みほろ》の桜をはじめ数々の名桜を知悉して書いていらっしゃる水上勉氏。この方々の桜物語や、花、色、多様な風土の自然を学んで「桜が軍国精神の象徴とされたのは、人間の勝手。桜自身の知らないこと」と思い当った。

水上さんは遅れてこられたが、私は水上さんと同年の生まれで戦死した兄を重ねた。同時代の戦争体験者に説明要らない影、そしてまったく威張ったところの無い繊細な気づかいを感じた。

忘れ難い作品は数え切れない。

小説、記録、随想、いずこにも、ご本人の生ま身《なみ》の体験の実感がにじんでいる。私は男性の実感なんて知らなかった。女のあわれを踏みにじって男は好きな道、好きな女をどんどん変えてゆく父の生き方に怒りと異和感とをもっていた。だが水上氏の作品を読んでいると、ふと「その身勝手な男」のさびしさのひびくときがあった。

『金閣炎上』『雁の寺』『一休』

『越前竹人形』……『山の暮れに』……。

まず土の匂いがあり、労働と、仏教と、憧憬と、頽廃、そこへ濃厚な肉体感覚が燃え、屈折した怨恨もひそまる。とてもとても、こうした大生死《だいしょうじ》は無理。しかし、おそるおそる覗くその「せかい」は、実体を持たない者にも、「在る」のだ。ひとりひとりの孤に。確かに。

対談や鼎談《ていだん》に二、三回参加させてもらった。舞台も観せてもらった。

竹人形の可愛さもさりながら、私には「花岡事件」というすさまじい強制連行、あまりにひどい飢えと酷使に、花岡鉱山から逃げてきた男、そこが焼場と知らず、隠亡《おんぼう》さん家族に明るく受け入れられて、ふるさと朝鮮の唄を歌う崔東伯という男の劇が忘れられない。

それは『釈迦内柩唄《しゃかないひつぎうた》』。憲兵に追われ殺された男を「すぐ焼け!」と命ずる憲兵に、「火葬認可証が無いと焼けない」と抵抗する焼場の父。いちめん真紅の焔めらめらと、次の舞台は死人の灰を棄てる野に育った何万本ものコスモスが揺れて。

私は劇の終ったあと、水上さんの前に深く頭を下げて感謝した。いっぱい思いが胸にあふれているのに、何も言えなかった。とどめあえぬ涙ばかりを流していた。

それで、思い出す。

今、本棚から一冊をとりだしてきた。

『慟哭《どうこく》―差別戒名』（大阪同和問題企業連絡会編）

仏教界、企業界、一般社会があらためて差別の歴史と現実に仰天した「差別戒名」問題がつまっている。雪に埋もれた墓に彫られた許しがたい戒名の文字に、凝然としてたちつくす人びと、水上さんもそこにいらしたのではないか。

人間と差別、その悲痛悲哭をずっと直視し、書きつづけてこられた水上勉存在を、私は尊敬する。この本の書名『慟哭』の文字は、水上氏の筆である。全身、慟哭せずにはいられない真剣の文字だ。迫力だ。

一九八五年に完成した「若州一滴文庫」をたずねた時、二階でお母さまの手紙を見て泣いた。貧しいなかから手離しがたい愛着の勉さんを小僧修業に出されたお母さん。喀血して四十度もの高熱の身でふるさとへ戻った若者を、

「ようもどった、もどった。ここはお前のうち、きっと直してやる」

と抱き迎えた母の無限の愛。お母さまあればこそ、勉氏はいのちとどめられたのだ。

ワカサァと呼ばれる美しい若狭の浜、大飯《おおい》の里には原子力発電の危険がひしめいている。自然をほろぼし、人間性を殺しつづける文明、お互いに不気味な地鳴りを意識せざるをえない。

一滴文庫で竹を漉き、紙が生まれた頃、「絵か、書を書いてごらん」と、貴重な紙を下さった。折から両手を事故で失われた水村喜八郎氏がいい絵を描いて見せて下さったので、私はその竹紙を献じた。水村氏が風雅な作品を見せに水上氏の京のマンションへゆかれるのに、ついていって鑑賞した。

ご病気ときいて案じ、祈るしかなかったこともあるのに、つい昨年、以前にもまして若々しい水上勉氏と久しぶりにお目にかかれた。今度は「骨壺《こつつぼ》」展の会場だった。ご自分で造られたお土の骨壺。骨壺づき合いも、いよいよ明るく冴えた喜びである。

『のの字』の「の」から

美しい黒です。そしてすこし暗い空色の題簽《だいせん》に『のの字ものがたり』田村義也の文字。すぐ、「あ、お母さまのタンポポ！　綿毛がとんでる！」と思いましたよ。本体にかけられた濃い黄のカバーにも、とんでる。折りかえしには、あの勁《つよ》いタンポポの花座がありました。本体の空色は箱の色よりほっと明るくて清らかです。

『のの字ものがたり』を読んで、どれほど多くを教えられたことでしょう。知らないままでいたことをいっぱい教えられました。そして鮮やかな個性、それぞれの内容に密着した装丁が引用されている中の「の」のちがい。書名『のの字』の上の「の」と下の「の」とのちがい、私は初めてどんなに多くの「の」を使った書名が多いか、その「の」に心の限りのご苦労があったかを知りました。

小さくてもいい色をだす印刷所を探し、新しい技術や、これまでの活字文化をひきついでいる人びとを得る、その内容の訴えを活かした地図や風景、生活のすべて、自然現象ももちろん、夢と現実が装丁に描かれてゆく様子。まず原稿やゲラ刷りを読み、人間自身と逢い、つぎつぎ「こうしたい。こうしてみよう」と構想がひろがってゆくのですね。

私は思春期の結核で通学できない療養の日々を、岩波文庫を主に、いろんな書物で心養いました。十三、四の子には読めないむつかしい作品まで求めて魂をうるおしてきましたのに、このご本で「僕の装幀論をいえば一番いい本といえば岩波文庫で」(青山二郎氏の言)と、あらためてこの文庫装丁がどんなに繊細で気品あるものかを学びました。

また、戦争中には××と伏せ字本が作られたのを、出版文化史展でも見られなかったので、「削除済」ラベルの貼ってある文庫『自然と人生』が、その文庫の帯「慰問袋に岩波文庫を」とともに紹介されているのに納得しました。戦争にかりたてられて征った若者たちは、文庫や、新書を持って行っても上官にとりあげられたと聞いたことがあります。

活字に養われながら、私は印刷技術の世界を存じません。数知れないお職方、無名のまま、すぐれた活字をつくり、印刷芸術に打ちこんでこられた方がたのご生涯、それは他の領域にもある問題ですね。

この御著に引用されていて、幸い私も備えている大切な方がたの書を見に、小さな書庫にはいりましたが、そこで一冊一冊、なつかしの書物をひらいている体力と時間が無いのです。深夜の春寒に時代と人間、個と世界を思い、せつなくなりました。

一九六〇年『追われゆく坑夫たち』(岩波新書)をだされた九州筑豊の上野英信氏が、一九六四年、神戸から京都へ移住した私に、田村さんを「同い歳だ」と引き合わせてくださったのでした。上野氏宅で『南ヴェトナム戦争従軍記』上・下（岩波新書）の記述に苦渋する岡村昭彦氏を、「田村さんは泊りこんで励ましておられた」と、上野晴子さんが話されます。「田村さんがいなかったら『坑夫たち』はできなかった」と上野氏。同じ思いの著者が、たくさんいらっしゃることでしょう。

岩波書店を選ばれた時代、入社当初からの岩波書店内の情景、そこで語られた研究、学問、思想、理想がおびただしい出会いを深め、戦争への批判、人間観、差別をゆるさない人間性が、それをとくに意識しないほど自然に、すごい人びとからすばらしい発見や創見をひきだし形をとられる生みの親になられたんです。

いつでしたか、愛称「リバティおおさか」といわれている大阪人権博物館で、田村さんの装丁展がありましたね。喜んで見せていただき、ご講演もうかがったのですが、何の心得もない私が、舞台で感想を言うハメになりました。

何を言ったのか……ただはっきり覚えているのは「田村さんと黒。田村さんの黒」についてでした。はじめて純黒の見ひらきを手にした時のドキンとした思い。なんだかふつうの黒というにはおさまらないすごい黒。「田村さんにとって、ここは黒にしなければいられない黒の必然性を感じる」と申しました。

黒といっても、いろいろあって、分厚く、深く、しんしんたる情のこもる黒とでも申しましょうか。墨と黒とはちがいますが、これは、墨と黒と闇とが煮つまっている黒です。

『のの字ものがたり』自著自装に、やっぱりこの黒。

父なるお方は「書」にすぐれておられ、母なるお方は絵がお好き。その幼い頃からの刻々に培われていらっしゃり、出会う人、物、器、空も土の色も、みんな田村さんに吸われて。

私は大和《だいわ》書房から『小さないのちに光あれ』（一九七八年）を一冊にしてもらった時、編集者の福原（現・矢島）祥子さんが「装丁は何としても田村義也さんよ」と言われた意気ごみを忘れません。

ずっと親しくしていただきながら、でも装丁していただくのは初めてでしたから。お母さまの「田村忠子装画・田村義也装丁」でした。その装画が、今回のご自著に咲くタンポポだったのです。うれしい……。

タンポポは遠いところへ風にのって綿毛で種をはこびます。いのちを運ぶ綿毛なんですもの。お母さまの勁《つよ》いタンポポ。

沖縄でお目にかかったこと、大田昌秀氏や嶋袋浩《しまぶくろひろし》氏をご紹介下さった思い出、書きつくせません。沖縄、被差別部落、朝鮮のこと、アイヌのこと、なお続く同志の憤りは尽きず、その思いを骨として文となった原稿、形となった造本。

骨、と書いてきて「そう、金泰生著『骨片』の装丁文字にふるえる」。それは今、「骨を生きている」わが実感です。

京へ来たからと寄られた時、坐ろうとされた座布団の文様に、「これ使えるよ、これでいこう」と『ふしぎなめざめにうながされて』（一九七九年）を好きな唐草柄《からくさがら》で（やっぱり黒地）装われたこともあります。また「『紅《べに》のちから』（一九八三年）はいい書名だが、紅の色がむつかしい」といろんな紅をしらべられたこともありました。

岩波新書編集部から雑誌『世界』に移られた時、田村さんにつよくすすめられ、私は、はじめて「沖縄の道」（一九六八年一〇月号）を書かせていただきました。

『限界芸術論』はほんとに立派ですね。表紙の「正面中央上に鶴を二羽むかいあわせに入れて『鶴見』としゃれたつもりだった」と読んで、にっこりしました。衣笠《きぬがさ》の鶴見俊輔氏宅へゆかれた時、まだ小学生だった太郎さんが、お父様と田村さんとを見くらべながら「似てるなぁ」と言われたそうで、その太郎氏も、もう三十歳、文学博士です。

上田正昭著『古代日本と朝鮮』（岩波グラフィックス36）が完成してまもなく、上田正昭氏、木下礼仁氏、編集の片岡健氏と四人でみえて、本を中心に祝盃をあげたこともありました。のちに雑誌『酒文化研究』をだされるなんて、そこまでのお酒だったなんて存じませんでした。「田村と飲んでると、久美子さんが肴《さかな》をとり分けるもんだから、おたがい、どんどん飲んでしまうんだよ」と、小林金三氏（元・北海道新聞論説委員）に聞きましたが、その久美子夫人の気魂さばきは、みごとなものです。

久美子夫人は、大江光さんから、清らかな旋律の作曲をみちびきだされた音楽の先生ですね。ありがとうございます。束縛されがちな個のせかいを、かくも自由にかがやかせてくださって。光さんの曲をＣＤでききながら、ありがたい田村義也装丁の『岡部伊都子集』第一巻（岩波書店）を抱きしめて、涙しました。既刊著とともに、読者から「すばらしい装いですね」と、お便りいただきます。

志を、全身創作してこられた田村義也様のご健康（飲みすぎないで）と、いよいよ美しくよき志を世に咲かせてくださいますよう、念じあげます。

和子・日常の霊性

一九九七年の秋頃、藤原良雄氏からお電話をいただき「藤原書店から『鶴見和子曼荼羅』が出版される」とうかがい、嬉しくて泣いた。「これは快挙!」

すると藤原氏が、和子先生ご自身がその中の〝華〟の巻の解説を「岡部に」とおっしゃっているといわれるではないか。どきんとして、ひきつづきの涙だが、今度は異なる涙を流してしまった。

泣くだけが能ではない。けれど泣いたっていい。私は生まれつきの病弱者で、まったくといっていい程、学問していない。健康の点でも学問的な意味でも、いつも「もう駄目」と思いながら、居直って生きてきただけだ。そんな小さな存在の弱さをよく知っていらっしゃりながら、その私に「書くように」言って下さるお心にうめく。

じつは体力と視力が落ちて、もう充分に読めないのだ。

「少しでもいいから」と、藤原書店から今回の〝華〟に入れられるコピーの資料がどっと届いた。床の間へ箱を置いて、その聖地をおそるおそる覗くのだけれど、駄目。「これでは、とてもお役に立てそうもない」と悩む。

NHKのETV特集（一九九八年二月十九日）があった。テレビの画面にできるだけ近づいて見せてもらった。

なんと、美しい和子先生か。

「私は一九九五年十二月二十四日午後四時に死んだのよ」と、はっきり語られる美しさ。気力あふれる表情だ。あの『女書生』の表紙に使われたお写真そっくりだ。

このお写真は、一九五五年十月撮影。「弟が幼いころ着ていた久留米絣の着物とお対《つい》の羽織をとり合わせて仕立てた単衣のきものに、母の黄八丈のきものを茶羽織にしてはおってます」とあったが、その説明だけでも、和子先生の衣の自由な図案がわかる。

「死ぬまで創造よ」

と言っていらっしゃる。

「ほとばしるように歌ができるの」

「半身不随ということはあっても、言葉を失わなかった。言葉が生きてすべて全然ちがってみえるでしょ。そら、ミンミン蟬が鳴いてるように、私もいのちの限り鳴く。いろんな分野にはいって、志をもってね。自分の場で押し流されずに生きつづけてるのよ」

伊豆のゆうゆうの里、歯切れよく話される和子先生に圧倒される。あ、先生は芭蕉布を召している。

練馬《ねりま》のお家の書庫が映って、これは大変、とてもしんどい……整理は無理で、甥の太郎様の勤められるユニークな京都文教大学へ献じられたようだ。京都にお住まいの鶴見家、俊輔先生、貞子先生、太郎様のすばらしいご家族が大切に面倒みておられる。そして宇治のゆうゆうの里へ移られる。

「父は失語症になって『ああ玉杯に花うけて』を歌ってたんですよ。姉は十四年間もそのお父さんの看病してね」と俊輔先生。

鶴見祐輔、愛子ご夫妻のお子さん、母方の祖父後藤新平。俊輔先生は和子先生と仲良しご姉弟であったのに、お母様が「男の子」にきびしい期待をもって訓練を強いられた。和子先生は死の一歩手前で何とかこの世にとどまられた俊輔先生を、大切に大切にしていらっしゃる。俊輔先生は、「僕は不良少年出身だから」と笑っておっしゃるが、とんでもない。その愛弟の楯であったお姉様。そしてきびしかったお母様も、和子先生に家事のすべてを教えられたすばらしい女性だった。

お名は記憶にあっても、実際には何も存じあげない後藤新平、鶴見祐輔両氏はともにおしゃれだった由。何より祐輔様が家族に大らかな愛情でそれぞれの自由を大切にするよう言っておられたこと、特に和子嬢と家の中で手紙を交換されるほど。

「それぞれの子どもが小さい時から、父親と対等に口をきくことが奨励された。夕飯の食事は、父のいるときにかぎってにぎやか」それぞれが自分の思うことを言い合われたようだ。そんな時、遅くなると祐輔様は、「眠る自由をお許し下さい」と自ら立ってゆかれたとか。涙がこぼれる。そんな雰囲気をまったく知らない私。そのような父の像があったなんて。

「いつも自分のしたいことはなにかを自分でえらび、そのことをやりとおすように元気づけ、助けてくれたのは父親」なんて、羨ましくてたまらない。

この重い内容の本の頁をめくられる方は、どうぞたのしく読まれたい。男性も女性も、きっと自分が「そうでありたい」モデルを発見する。

天皇制教育を一切しない成城《せいじょう》小学校の奥野庄太郎先生とか、エリセーエフ氏がお若い和子先生に「ははぁ、あなたは袴式部《はかましきぶ》ですね」（「ブルー・ストッキング」青鞜の意味）と言われたとか、「そんな時代があったのか」「そんなことがあったのか」と、考え方、エピソードに、力が湧く。

アニミズム。

大哲学者の社会的視野、かんかちに思いやすい和子先生の、水俣、長崎、やまびこ学校を抱かれる優しさ。歌集『虹』のお歌（佐佐木信綱氏が四句目がもっとも大事と教えられた）、そして、花柳徳和子という名跡《みょうせき》までもたれている日本舞踊のヴェテランでいらっしゃる。一挙手一投足に至るまでアニミズム、自然の力を活かした必然の境地なのだ。

幸せなことに、私は直接、踊られる和子先生の舞台を見せてもらったことがある。大阪の四つ橋近くに住んでいた子どもの頃から親しんでいた文楽人形浄瑠璃の舞台で、信太《しのだ》の森のうらみ葛《くず》の葉《は》「保名《やすな》」を知っている。鏡ヶ池を見にいった。

お手紙といっしょにいただいた東京豊川稲荷で舞われた「英《はなぶさ》執着獅子」（一九八三年、初午）のお写真が五葉、手もとの文筥にはいっている。京都で俊輔先生ご一家に舞っておみせになった時、あつかましく合流させてもらった。

じつにしなやかなお姿だ。美しく空間を切っておられる。稲荷信仰、行《ぎょう》、土着の神々を柔軟に吸収されてのお舞。

丸岡秀子先生と仲良くしておられた和子先生から、「三人お揃いの着物にと思って。これは中国でおみやげに求めた同じ柄の藍印花布《らんいんかふ》よ」と、白地の花布一反をいただいた。今部屋に吊して眺めている。白地に梅の花や鳥、竹葉もはいっている飽きのこない模様だ。

うれしくて、さっそく着物に仕立てて着たが、丸岡先生はその頃から着物がしんどくなられたか、「私は洋服よ」と洋装になさったらしい。中国藍印花布は肌あたりも色も大好き。なるほど、着物には重いので、私もいったん仕立てた着物を、作務衣ふうの上着ともんぺに仕立て直してもらった。

藍地には藍地の深さ、白地には白の晴れやかさ、和子先生のおかげで家中の暖簾《のれん》や敷物《しきもの》、お人への献《おくりもの》にも、変らず大きな喜びにさせてもらった。

丸岡先生にはことのほかおせわになっている。でも私は石井東一先生の存在を、秀子先生が亡くなられるまで知らなかった。

「今ね、丸岡秀子さんのとこへ行ってきたのよ。丸岡さんはすばらしい男性とごいっしょにいらしたの。どういう方か何も言われないのでよくわからなかったのだけど、こんな男性が日本におられたのかと、感動してしまった。十五歳年上の丸岡さんの仕事や生活を、みごとに支えぬかれた石井東一という方なの」

と、多分プラットフォームからだったと思う、和子先生がお電話下さった。

丸岡秀子先生と和子先生との「秘話」を、ここに記録して下さっている。私はどちらの先生にもいたわっていただくばかり、ああ、元気な荷物もちで、おそばにいたかったと思った。

ジュネーブで催された世界母親大会準備会（一九五五年二月）へ、丸岡先生とごいっしょにゆかれたこと、魯迅《ルーシュン》の未亡人許広平《シューコアンピン》さんが中国代表団の団長で同席されたこと、許広平代表は「ジュネーブの帰りに日本代表団を中国にお招きしたい」と申し入れられて、丸岡先生はすぐ賛成、和子先生と「行こう」と相談しておられたのに、当時は日本と中国の間に国交が無かったので一行の内で、「行く、行かない」の意見がわかれて、結局「行かない」ことになった……という。

「許広平さんに泣きついて、丸岡さんとともに泣いたんです。そしたら許広平さんが『私はあなた方の状況がよく分かります。中国もまたかつてそのような状況を乗り越えてまいりました』とおっしゃった、それは私も一生忘れられませんね」

と、ある和子先生のご文に、竹内好先生の魯迅へのお導きで魯迅を読み、『両地書』に憧れた私など、その時のお三方のお心がいきいきと身に沁む。

ふと、すぐそばにある比嘉政夫・我部政男編『女人政治考・霊の島々』（新泉社刊）が目につく。沖縄の佐喜眞《さきま》興英著『女人政治考』への和子先生のご関心がうれしい。私は今度の「霊の島々」を含む『佐喜眞興英全集』を、佐喜眞美術館の佐喜眞道夫館長からいただいた。

大正十五（一九二六）年六月、柳田国男識とある序文を読んでも、興英先生の「女治」視点が、これまでの巫女考よりも壮大で深いものがあると認識、遠い琉球の研究こそ、もっとも理解しなくてはならないものとすすめていらっしゃる。惜しい惜しい大器、満三十一年七カ月という短命のうちに、視るべきもの感じるべきもの数多記述された興英先生の病弱痩身のご様子を知って、私は佐喜眞美術館の広庭に、大切に守られている亀甲墓を拝んだ時は、まだ興英先生を学んでいなかったことを申しわけなく思う。

佐喜眞道夫氏は、米軍に交渉して基地に奪われていた土地を一部、取り戻し、普天間《ふてんま》米軍基地を臨むように美術館を建てられた。すさまじい沖縄戦の凄惨を極めた場所だ。沖縄へゆけば必ず訪れる。丸木位里・俊ご夫妻の「沖縄戦の図」がある。ジョルジュ・ルオー、ケーテ・コルビッツ、上野誠、上野省策その他、勇気にみちた館長の精神が密着の絵となって蔵されている。

日（火）の神、は、女。特別な支配的女人ばかりでなく、民、一般の働く女ひとりひとりが尊い根元的な力をもっている。柳田先生の『妹の力』で力づけられた（というより、私は戦争中みすみすこの女人の力を発揮できず、兄や婚約者を戦死させた自分の非力に思い当って悲しんだ）ことがあるが、興英先生は沖縄独自の大自然直結の女の霊性霊力を、みごとに究明して下さったのだ。道夫館長は興英先生のお嬢さんのお子。「興英祖父の力が現在も自分の行動のいろんなところで自覚される」とおっしゃっていた。

和子先生が張りのある透き通ったお声で、お電話下さった。「声はいいでしょ。元気よ」って。ご不自由な状態などお察しできない麗わしいお声だ。私は、初めてお目にかかった時の思い出をたどる。

一九七二年の秋、当時北白川に住んでいた私の家に、個人タクシーの安井功氏のくるまご案内で和子先生が立ち寄って下さった。思いがけない突然のこと、あがってもいただけなかった。ただ茫然とお見送りしていた。

その一年後、私は『女人歳時記・京の韻』（角川文庫）出版に際して、厚かましく「解説を和子先生へお願いしてほしい」と希望し、願いを叶えていただいた。

光栄にも「著者は自分の心にかなわない結婚生活に見きりをつけて、自立した人である」と、わが本質の出発を書いて励まして下さった。さすが和子先生、「共通の友人、安井功さん」と書かれている。熱情、一本気な安井功氏がまぶたに立つ。

河合栄治郎、新渡戸《にとべ》稲造、丸山眞男、玉野井芳郎……とても引用し切れない先人、貴重の方がた。『思想の科学』を創始された時の、「人殺し」と自らを名乗り得た元軍人、高橋甫《はじめ》氏の姿勢もするどい。ありがたい。

「きものは魂のよりどころ」

たくさんの方がたが、それぞれのもっともすばらしい力によって美しい仕事を生み、紹介されている。存じあげている方も多い。この間も「和子先生は『私はこのはきもので世界中を歩いているのよ』と言って下さいました」と、祇園のはきもの匠「ない藤《とう》」の内藤道義《みちよし》氏は、改めて喜んでおられた。

「アメリカ、カナダの町に住んで、足のお医者さんの多いのに驚いた」と、日本のはきものが、靴よりも足の健康にいいことを書いておられる。ほんとに、太緒《ふとお》で台の勾配もよく、穿く人間の体格や姿勢に合わせて呼吸よくすげられたはきものは、足元の自由をしっかり守る。出処進退、足裏のすっと喜ぶはきもので、生き方を活かしたい。

「未来のふだん着」もすてきだ。藍染め職人を通して、いろいろ学ばせてもらう。沖縄の染織工芸と水、天水、海水、地下の石灰質の水、お話を読んでいると、和子先生の衣料は沖縄各地の絣をはじめ、アジア、南の各地の布まで、多様な美しい布。その多様な魅力を、ご自分のなさりたいように、縦横に取捨して（端切れでも必ずどこかへ活かされる）、そんな冒険のできない者には、ずいぶんぜいたくな配合で装っていらっしゃる。

それがお小さい頃からの「紙帯遊び」のおしゃれ自律であった。

「自分できものを着るための体を作りなさい」と、藤本和子氏との対談には、具体的なきもの活用論議があって、アメリカ哲学をわきまえた日本女性の「判断」がいい。多くの若い女性たちも、男性たちも、きものを着る自分を育てられる。

また、南方熊楠論《みなかたくまぐすろん》に、南方熊楠翁の大自然への崇敬が細やかに共感されている。大自然を侵すものへの憤りは、もう地球全体の問題だ。いつか上田正昭先生が、田辺市で南方熊楠賞の検討をしていた時のことをおっしゃっていた。

「きもの姿のリンとした和子さんはお相撲が好きでね、ごひいきの千代の富士のテレビになると、ちゃんと視ていらした」と。

目に見えるようで、微笑ましい。

「いちばん嫌いなものは冷房です」と、和子先生。大賛成で冷房なしで私も暮している。でも、もう文明機械化、居住の不自然環境化。不自然を当然のように暮す危険が広がっている。

「灰にして太平洋の海にまいてほしい」とご指示あるのは、まさに太平洋を渡る数々の思い出こめられた和子先生なればこそ。私は沖縄の海へ。着る体力、視力おとろえの私は、もう和子先生のような自在なおしゃれができない。

車椅子生活となられても、どこまでもお好みを徹底なさる美しい和子先生。いたらぬこの小稿を、先生はじめ読者の皆様にお許しいただきたい。

庶民の力、平和の笑い

思いがけなく、貴重な『落語百選　冬』に何か書くように言っていただき、どうしたものか、長くおせわになっている麻生芳伸氏のお心にお報いするには、あまりに力無き自分を知っていますだけに、途方に暮れています。

大阪は西横堀、西区立売堀《いたちぼり》北通一丁目にあったタイル問屋に生まれて、幼い頃から漫才や落語、文楽人形浄瑠璃や、中座歌舞伎など、大阪の伝統芸能には親戚の長老や、親、兄姉、従兄姉などが、よく連れ廻ってくれたものです。

あれはどうして母にねだったのでしょう、初代桂春団治師匠の『阿弥陀池』がレコードになった一枚を買ってもらって、何度も何度も飽きもせずに聞いていました。実際の細やかな思い出は、すっかり記憶にありません。

でも、新町の寄席によく連れてゆかれたようでした。よう空いてる席にころんとねころんできいている男の人を見たり、そのまま寝入っている人もありました。このたび、落語研究の大家でいらっしゃる宇治市の中島平八郎様にお電話して、桂春団治師匠のレコードをきいていた幼い話をいたしました。

すると、早速に初代春団治のレコードから採ってくださった、独特の『阿弥陀池』のカセットと、桂米朝全集の文をコピーして送って下さいました。

家が近かったせいもあって、堀江の「阿弥陀池」のあった和光寺へ連れていってもらったこともあり、尊敬する方の坊やが、落語はまったくご存じなかったのに、「尼さんって、アマイからそういうのか」ときかれたなつかしい記憶が重なって、忘れられない「阿弥陀が行け！」の全貌を、よみがえらせました。

中島様は、カセットの余裕に、やはり初代春団治師匠の『チリトテシャン』（長崎みやげ）と、B面には、五代目古今亭志ん生師匠の『火焔太鼓』を入れて下さっていました。

立春の雪の舞うた京で、この『百選　冬』を二十四年前の初版本で、また一つ一つ読み直していますと、『火焔太鼓』もはいっているではありませんか。

江戸の華は、火事。いなせな江戸っ子の日常、町のしくみ、人間関係のくふう、愛ゆえのおどけの呼吸が身に添う実感として語られつづけています。

名作『火焔太鼓』はもとより、文七元結、芝浜、鼠穴、初天神、粗忽長屋……いいなあ、わかりやすくて。大阪落語の言葉のニュアンスをしっかりわかる若者より、今では江戸落語の方が身近くなっているのでしょうか。

ふと、個人的にせつなかった時代、初めて五代目柳家小さん師匠と、三代目桂三木助師匠とに、大阪は四つ橋のすぐ近く、炭屋町《すみやまち》に建てたばかりの家へ来ていただいたことを思いだしました。

私が結婚していた相手は、どうしてお二人の師匠を招いたのでしょうか。一九五一年、その当時は大阪に江戸落語が出演されることは少なかったと思うのですが、どういう成りゆきからか、うちの二階の八畳座敷で一つずつ話してもらうことになっていました。

その時に二階に来られた客人の中には、覚えておられる方もあるでしょうが、それぞれが義太夫の稽古をしたり、芝居もどきの物真似をしたり、たのしい気楽な雰囲気でした。

私はこれでも主婦でしたから、こんな賑やかな行事となると、忙しく用意に追われました。店の間には知人たちが腰をかけ、初めての方がたは二階に上ってお座布団をしいていただく。その頃はまだ賑かな巷にも食事の店が少なく、取り寄せられる店もなく、客人方にもてなす料理は、つたない私の手料理でした。

控の四畳半の間、台所のそばの三畳、とても考えられない小さな空間で、それでもみんな、三、四十人は来られましたか……。にこにこうれしそうで。

私は、お手伝いの人びとといっしょに、まず主客である小さん師匠と、三木助師匠のお食事を作りました。幼い頃から器が好きだった瀬戸物町《せともんちょう》の子、「おいしそうなごちそう」には心がこもりました。

優しい方がたでした。台所そばの小間でお二人召上りながら、今時他には無いといたわられたことが、大きな喜びでした。

二階への上り降りで、私自身は客人のようにゆっくり坐ってきかせていただけませんでした。でも、ふだんの客人たちのいつもとちがう喜びようや、ふざけようには、この人がマア！　と思う表情の発見がありました。

あの時、柳家小さん師匠は何を演じて下さったのでしょうか、桂三木助師匠は多分、芝浜だったと思うのですが、そのあとで、ふっと立ち上って、所作美しい踊りを舞われた、きれいな切味がのこっています。お舞にすぐれたお方だったそうですが、仲よしお二人を迎えたあの日、四つ橋の橋詰でスナップをとられたことも、ぼんやり覚えています。四つ橋と文楽座の間の家でしたから。

でも私はやがてそこから出て、一人になって生きることになったのです。

『ちくま』一九九九年三月号に、麻生芳伸氏が、「活字落語――人間の『素型』」といういきいきした文章を書いておられます。「活字で読む落語」に活写されている生ま身《なみ》の肌あたりの人間像をみごとに説明して下さっています。

いわゆる町人と呼ばれる人びととは、地主、家持階級に限られ、裏店《うらだな》の借家住いの八っつぁん、熊さんは公式には――法律的には一人前の町人とは扱われていなかった。租税の対象外、人数外の人間たちであった……

そうか、胸いたいこうした差別は、人類各地の歴史に、現状に、のこっています。藪入りなんか商家であった家の習慣でした。

大阪の、漫才弁、大阪弁は平和論だといわれてきました。

つまり、真実を貫き、本音を語って、ありのままの姿、嘘のない率直な面白さが、平等を願う尊い「平和の笑い」なんです。この「笑いこそ平和」の力が、世界中にみなぎりますように……。

江戸に、なにわに、喜びの笑いを創作する力が、お互い誰もの日々のすべてに宿っているはずです。

『落語百選　春・夏・秋・冬』、麻生芳伸様、ありがとうございました。

一九九九年三月一〇日

みんなの老い

『ありふれた老い』という書名に、松下竜一詩人の全身詩情愛がこもっている。この一篇は父なる松下健吾氏満八十五歳から八十七歳五カ月で亡くなられるまでの、刻々の老い、その父をみとる竜一・洋子ご夫妻の対話をも明らかにした作品だ。

それはドタッ！　で始まった……。

二階を寝所にしていた父は、家族から「じいちゃんの小便バケツ」とよばれているプラスチックのバケツにつまずいて階段の上に倒れ、一面に小便が流れていた。

もう視神経が衰えている私、『ありふれた老い』についてのエッセイをと言ってもらっても、さて、その本が家のどこにあるのか判らない。沖縄に献じたか、老人福祉の施設に送ったか、昨日までの記憶がゼロだ。結局、松下氏と心通う京の論楽社《ろんがくしゃ》、虫賀宗博氏と上島聖好《しょうこう》氏にお願いして、ご本をお借りした。お二人の心のあとも記入された一冊で、私は次つぎの締切りと体力の状況に、ようやく入院した病院内科の病室へ持ってきてもらった。三月十五日の期限なのに今日は十四日。申しわけないことながら、昨十三日、一日かかって細かく拝読した。以前も読ませてもらったはずだが、やはり、やはり頁ごとに紙をさしはさまずにはいられない詩がある。真実がある。愛がある。哲学がある。

一つには、もう数え年七十七歳の老女となった私には、身にしみる日常起臥の難儀がある。冒頭の「私もまた、階段の昇降くらいの運動は父のためかとも思い」といわれる竜一氏の思いは、私自身、自分に言いきかせてきたことの一つだった。

もう駄目。老いの弱りが、指先から思考能力、食べものをのみこめない「どうでもいい自己嫌悪」ばかり。自立したいのに自立できない悲しみ、「お父さま、いいお子様方をもたれて羨ましいですよ」と、言わずにはいられない子無き女の寂寞感がある。

松下竜一氏にとって、「母」なる存在は深遠・深刻・深愛の理想である。この本の帯に、ご両親とお姉さま、竜一さん、その下に生まれた弟さんのそろった美しい写真がある。お父さま、そしてお母さまの清《すが》すがしさ。四十六歳で突然亡くなってしまわれた働き過ぎの母人は、どんなに竜一少年の繊細な情をいとしんでいらしただろうか。

そして十一歳年上の人妻への真剣な恋!

今度の本にも、きちんと二十五歳の日の恋を明らかにしている。私はこの姿勢が好きだ。

豆腐を配達して行く小祝島《こいわいじま》の小さな食品店の女主人で、それが洋子さんの母だった。多発性肺嚢胞症《たはつせいはいのうほうしょう》という難病にかかってすぐに弱る若者の、純さ美しさを深く理解した十一歳年上の女性。この人こそ、現在の妻洋子さんのお母さまだった。竜一青年は叶わない恋と知るが、その人の娘、洋子さんが十八歳に成長するのを待って、結婚する。

洋子さんという女性のなかには夢と現実の多様な総合がある。洋子さん、竜一さん、お二人が醸しだされる日常茶飯事。父のおむつの交換から、犬たちを連れた山国川を逆のぼる散歩、著書や、草の根通信の発送その他。

山形の農詩士、齋藤たきち氏から、三月八日のＥＴＶ特集で「豆腐屋の書斎から」が流れるときいて心待ちにしていた。ご本人からも「ＮＨＫスタッフもあまりに無口な夫婦に閉口したようです」って。

もうテレビはほとんど観ないのだが、この番組は大切に拝見した。美しかった。お散歩のお二人の遠望、カモメへのパン撒き、さらっと坐りこむ闘いの姿、なつかしい上野英信・上野晴子さんご夫妻を書いて下さるとか、筑豊の上野朱《あかし》氏と思い出を語り合われる様子に、胸がせつなくなってくる。よく見せてもらえたことだ。私はお父さまのようによろめきながら、三月十日朝、入院した。私にはお父さまのタバコのように好きなものがないだけ、自由かもしれない……。

ご家族、杏子さん、仲よし家族あればこそ、ピンポーン（玄関のベルの音）も喘鳴もいたわってもらえる。老人介護の問題点というより、老いたる者の問題に縁ある親戚がみんなで考えていらっしゃるのがうれしい。

『ありふれた老い』は、誰もに必ずくるから、ありふれたつらさなのだ。「みんなの老い」。私も「老人ホームに」と思うけれど、今のところは家にひとり。今度のように入院していると、自分のしたいことだけ、していられるのが、ありがたい。

犬を散歩に歩かせてゆくお二人の、なんともいえない綺麗さに、洋子さんの根源の母心と、その美しさに感動している竜一さんの魂の一体感を実感する。どなたも、この無口の老人が自分である。幸せな家族介護は、至るところに書かれているように「悲惨とは思わず『いのちき』が最善、むざんが当然」の自覚だろう。

五歳の藍ちゃんが歌った「どんぐりころころどんぐりこ、おいけにはまって、さあたいへん」を、お父さまと同じように、私もそっと歌ってみた。至福の刻《とき》。「どじょうが出てきてこんにちは」「○○ちゃんいっしょにあそびましょ！」。○○ちゃんの名を、いっぱい歌ってみる。

竜一さん、洋子さん「いっしょに遊びましょ！」

いいお話がつまっていて、私は三十三枚のメモを入れていたけれど、何一つ充分に書けなかった。おゆるし下さい。

つながれたまま

ある日、たまたま、リボンで飾ってもらった犬と、女性との二人?の姿に出逢いました。そこを曲がって家に戻りつき、ご近所の方がたと話していたら、その一組がわが家の前に通りかかったんです。

「ま、さきほどの」

その印象から気がついて、客人を送りだした時だの、その時刻に出かけた時だの、やはり「お散歩」に逢いました。なんと、幸せなワンチャンでしょう。

人の世も、犬の世も、とうてい表現し切れない段差、差異。

遠くからきこえるのは消防自動車か、救急車か。まるで呼応するかのように、せいいっぱいのどをはりあげてうなっている(鳴いているというのかな)のは、すぐ近くの犬、いつもタタキにのびて横になっています。栗色の毛の、元気な犬だったのですが、だんだん弱ってきて、もう通りかかる人に吠えることも少なくなってきました。見送っている客人が、そこで激しく吠えられてとびのかれるのを見るのもつらい時がありますが、まったくおとなしく、声がしないのも、また、大丈夫かしらと心配です。

人に飼われるペットは、どういう思いを味わっているのでしょうか。一九九五年の阪神大震災で、突如飼い主を亡くした喪家の犬猫などのペットが飢え、「新しい飼い手を求める会」のニュースを見たりしました。

あの、中国の作家魯迅《ルーシュン》の「犬の反駁《はんばく》」という一文は、一九二五年四月の作ですが、読む者に深く問いかける内容です。

一匹の犬に吠えかけられた魯迅は犬を叱りつけました。

「黙れ、権勢にこびる犬め……」

けれど犬は「ヘッヘッ」と笑っていうのです。

「どういたしまして。人間様ほどじゃありません」……

銅と銀の区別、木綿と絹の区別、役人と人民の区別、そして主人と奴隷の区別も「知らない」という犬の言葉。

いや、その感触のちがいは知っていても、それによって差別するという、タテの考えをもたないということでしょう。

魯迅は逃げだしますが、犬はうしろから、

「まだ申上げることがあります!」

と、よびとめていました。

「一散に逃げた、駈けて、駈けて、やっと夢から抜け出ると、自分の床に横たわっていた」

という著者の、自分の正体への寂寥、人間の勝手さ、あやまりが、胸をうちます。

近江舞子の林の中で、ユキちゃんとよばれる犬の雪のなかでも走りまわる元気な、しかも人に優しい犬と親しくなりました。その飼い主の男性がわが家にみえ応接室で話していた時、あの、近くの家の犬がうめきだす声がきこえました。

う、うううーん。あ、あああーん。

「あの声をきいて、どう思われますか」

「さびしいのですね。どうにもやり切れないさびしい声ですよ」

そうでしょうね、日に一度も歩きにゆけないまま、生きている、骨身にしみるさびしさ。

本当のよき自分を奪われている私、私もつながれているのでしょう、きっと。

何に？

見出しの文字

こんな体験は、はじめてでした。

いいえ、もう四十余年も執筆生活をつづけさせていただいているのですから、何度もあったのかわかりませんが、気がついて比べてみたのは、はじめてでした。

いろんな新聞社、雑誌社、出版社から、原稿を依頼されます。その余波とでも申しましょうか、談話や、インタビュー取材も数多く、おせわになりました。

最初、一九五六年に『おむすびの味』が出版された時、インタビューされたのは今は亡き足立巻一《けんいち》氏でした。世慣れない私に、

「もし聞きちがえがあったり数字がまちがっていると読者に失礼やから、自分のまとめた文を持ってくるから目を通してくれませんか」

と、週刊誌に届ける前に、私に読ませてくださいました。デリケートな心づかい、取材を受けた者へも、読者へも、最善の努力をなさるのに、感動しました。

そのおかげで、自分もインタビュアーとなった時、活字にするまでに「まちがいないか」確か

めるのが当然と思っていました。インタビューにみえた方がたにも、

「私の発音が判りにくいし、思いちがいがあるかもわからないので、ご発表までに目を通させてくださいますか」

と、お願いするくせがついています。

中には「任せてください」とお怒りになる方もありますが、この夏、お目にかかった「共同通信」の片岡義博氏は、お気持ちよく、了解して見せてくださいました。全国の地方新聞への配信、ありがたい安堵でした。

一番最初「読んだよ」とお電話があったのは沖縄の知人。それから岡山の方、信州の方……あちこちから、

「元気そうな写真で、『書きたいことが鈴なり』やって、うれしかった。これは残しておいて、本といっしょに子どもに渡すよ」

といったお声。でも、こちらの新聞にはなかなかのりませんが、そのうち必ず使われるでしょうと心待ちしていました。

地元の紙面にのったのは八月二十三日、その見出しを見て、無信仰者はハッとしました。「神への共感を火種に……書きたいことが鈴なり」となっていました。

「え、神への共感やて、どういう意味かしら」

さきにまとめられた本文に「神」の言葉は使われていませんでした。私も話していませんでした。

そのうちに、片岡氏が『山陽新聞』『高知新聞』『南日本新聞』『中国新聞』などの掲載紙を送ってきてくださいました。中にはカラーの晴れがましい紙面になっているのもあります。見出しを比べてみました。他紙は「神への共感」にはなっていませんでした。「痛みへの共感が火種に」とか「弱者への共感」「弱者の痛みに共感」などとなっていて、ほっとしたのです。

片岡氏は「通信社がだした仮見出しは〈痛みへの共感を火種に／書きたいことが鈴なり〉でした。基本的に編集権は掲載社の方にあります。なぜこういうことになったのか」と、胸をいためてくださいました。

機械化に、読者にはわからないことがいろいろあることを、あらためて自覚した成りゆきでした。

ユーレイの絵

「あなたの宝物は何ですか」
と訊かれるたびに、
「読者からのお便りよ」
と言ってきました。

一通一通大切に拝見して繰返し読み、自分の気づかぬ点を教えてもらう感謝。箱に入れてのこしていたお便りが、長年の間に、ずいぶん溜ってしまいました。その箱の置場があふれて、これまたあふれて廊下にまで積み上っている本のつづきに、箱が積み上ってゆきます。

「虚弱ふらふら、上手にふらふら」なんて、よろける自分に呆れる唄をつぶやき、「あの方のあのお手紙、も一度読みたいな」と思っても、その箱がもうわかりません。

それにもうどんどん通信も機械化。私はまったく覚える気がなくて、もういいさ、わからないことにつき合わないでも、自分にできること、自分の心を書くことで今を生きようと考えています。

でも、お便りいただくとやっぱりうれしくて、「どんなお方かな」とていねいに拝見しているのです。

この間、岩手県から男名前の封書がまいりました。いかにも最近の風潮らしく、何かのチラシ、ビラの裏に書いてあります。まだお若い方のようです。

「私は何もできない。何もしたくない。勉強もキライだ。新聞で読んで、この人ならわかってくれるのではないかと思った。疲れて眠ると、足の方からユーレイがあらわれてそばに出てくる。いったい、どうしたらいいのか」

という意味の内容でした。

同封されたもう一枚のビラの裏に、細い簡単な線で、長く横になっている人と、その胸から腰にかけてひろく手をのばしている人らしき形が描かれています。これが、その方をなやませているユーレイ幻の図ですね。

なるほど、横になっている人を向う側から覆うようにみえる幻の絵、なんとなく実感の伝わるソフトな線です。とても私にはここまでの表現力はありません。カチカチ小さい字ですが、こちらに読める字で、「何もしたくない」お方が、きちんとこちらへ届くお便りを書かれたのは、事実です。

病気によっても、薬害によっても、さまざまな妄想が起こります。私自身、自分が何者なのかわからなくなって困ったことがあります。

「あなたはしっかりした字を書かれますね。ユーレイの線もふしぎな線。これから、書を大きく力強く書いてごらんになりませんか。また、見たものや、感じたものを、次つぎと絵にして描いてごらんになりませんか。何であっても自分のできることをずっとつづけていらっしゃると、きっと、そのことがあなたをたのしく力づけ、独特の表現をもたれるでしょう。表現は、自分のこころ。あなたにはその表現力がちゃんと備っていると思いますよ」

思い切ってこんなこと言ってみようかしら。何日も、ためらいながらも。

夢も田原《たばる》の草枕

数え切れない多くの方がたと、ごく自然にお逢いすることのできた一生を思いますと、「ああ、お仕事させてもらったおかげやなあ」と思います。

療養人生とよりいえない私の思春期、青春期にも、あのすさまじい戦争を重ねて、なお思慕の夢を抱くことがあったのですから、人と人との出会いはまったく予測できません。

勉強できないまま、ただ本を読み、自分の思うことをそのまま書いてきた私でした。その私に、放送用の原稿を書くように、いや、書きたい文章を書きなさい、と言って下さった方がた、原稿を「本にしましょう」と次つぎ本にして下さった方がた、私をここまで導き育てて下さった編集者、出版者がいらしたからこそ、幸せな執筆の日々を送らせていただけたのです。

人前での講演やらインタビューに、語りながら「それまでの自分」とはちがう自分がひきだされているのを感じるときめき、また、ご質問に、なかなか口に出して言えない内容の問いを話されて、はっとしたことも、たびたびでした。

ありがたいなあ、よくこの問い難い質問、簡単に答えることのできない問題を、問うて下さいました、今、私はこの質問に、どう答えることができるのかと、反省しながら、その刻々、「あとで」とはのばせない貴重な一刻を生きる思いです。

先日、『パンプキン』誌で佐高信氏との対談が終ったあとで、「それぞれお好きな歌をおきかせ下さい」とお願いしました。

世間を知らない甘え、佐高氏の選ばれた「影を慕いて」は私も大好き。「次は何という？」と待っていますと、初めてお目にかかった編集者の有田修氏は、しばらく考えて「田原坂《たばるざか》」とおっしゃいました。

まあ……田原坂……。

どきんとしました。

なんとなく気になって、小学生の時から一学年年上の男の子を思慕していました。一九四三年二月の初め、予想もしていなかった成りゆきで婚約できたその人木村邦夫氏（当時二十二歳）は、中国北部を経て、沖縄戦で亡くなりましたが、話し合う時間の無いまま、何も個人的なことは知りませんでした。

戦死後、彼の友人から「木村は、田原坂が好きだった。よく教えてくれたよ」とききました。

その、田原坂！

雨は降る降る　人馬は濡れる
越すに越されぬ　田原坂

西南戦争の時の屈折した政治、西郷軍と政府軍とが死闘をくりかえした状況を、私は先日のNHKテレビ「堂々日本史」の「田原坂」でのぞきみただけです。

泣いてくれるな　愛しの駒よ
今宵忍ぶは　恋じゃない。

邦夫さんは、矛盾におとし入れられた薩摩の若者たちの苦しみを偲んでいたのでしょうか。歌はせつない。初めてきく田原坂に、時代をこえて今もつづく若者の思いが流れて。

あけぼの・大阪

『ちゑのあけぼの』という書名の少年雑誌が、一八八六年（明治十九年）十一月に、大阪（西区江戸堀）から創刊されていたという記事（『朝日新聞』一九九八・一〇・二三）を読んで、胸がとどろきました。

それまでは日本の少年向け雑誌は一八八八年（明治二十一年）に東京で発刊された『少年園』が最初ということだったらしいのですが、大阪府立国際児童文学館の理事、桝居《ますい》孝氏が大阪市内の古書店で、それまで知らなかった『ちゑのあけぼの』合本を見つけて調査をされたそうです。府立中之島図書館や国際児童文学館に、創刊号から十九号までが所蔵されていて、りっぱな雑誌。読者は大阪を中心に東海や、北海、中国四国に広がり、一八八八年四月の六十七号まで続いていた、とあります。

私が生まれ育った西区立売堀《いたちぼり》から、京町堀までは、「陶器《とうき》祭」のおなじみでしたが、その一筋北に当たる、江戸堀は何だかモダンな印象を持っていました。

この記事によると、神戸などにいた外国人宣教師の影響をうけた、日本人キリスト教関係者が発行人だったということですから、聖書を説く教会があったのではないでしょうか。

ご存じ井原西鶴《さいかく》や、近松門左衛門その他、大阪は文筆文化ゆたかなところでした。そして歌舞伎、義太夫節浄瑠璃から落語にいたるまで、庶民が芸能を愛する気風でした。芸能を比べて、どっちが上等とか、下等とかいわない、みんないっしょがやさしさの基本でした。

大阪弁平和論というのを、おききになったことがありますか。誰も肩を張らないで、わかりやすく、思ったことを言います。

三十余年前、朝日新聞の大阪本社の社長でいらした原清《はらきよし》氏と、言葉の研究家牧村史陽《まきむらしよう》氏のお二人が、やさしくお茶目で本音を語る大阪人を語った対談で「大阪弁平和論」をかかげていらっしゃいました。その中で、いちばん嬉しく思ったのは、「本音を語る」というところでした。

肩書よりも、地道に働くことを尊ぶ大阪人。私も「大阪って全体が漫才しているような町ですね」と言われて、「そうそう、私も女漫才師のひとりや」と、大笑いしました。

古代からおびただしい渡来人の波がつづいた、開かれた浪速津《なにわづ》、互いに助け合い、支え合わなければという気持から、笑いながら「もうかりまっか」と挨拶し合ったと思うのですけれど。それが安っぽくとられたのですね。

生活のなかで大塩平八郎の乱みたいに、本気の本音が生きています。役人も本音。本音をかくさない、そして笑う大阪弁……。

桝居様、ありがとうございます。この『ちゑのあけぼの』六十三号の投書欄に「大阪育英高等小学、岩本栄之助」の名前がありましたとか。これは中之島中央公会堂を建築する巨大な費用を寄付した人のお名。中央公会堂で育った大阪文化は数え切れません。

岩本少年は「あけぼの」にあけぼのを視たのですね。若き魂は理想文化です。

あはれ見よ

このごろでも、ずいぶん昔の歌が流れてきます。吉田正作曲の「異国の丘」、美空ひばり歌の「悲しき口笛」「リンゴ追分」、永六輔作詞の「上を向いて歩こう」……あまりいっぱい流れてきますので、どの歌もどの歌も「名曲やなァ」と改めて感動します。

そこへ、新しい歌が、これまたいっぱい。お名前も覚えられないハイカラメンバーの若い歌手たちが、美しいハーモニーをひびかせて立体的な物語歌、話し歌、その歌詞がまた「永遠」「恋」「愛」「くちづけ」などなど、人の情愛をきめこまかく歌っているので、もう時代が、わからなくなります。

同じ思い出しかありませんが、私が結核で、女学校を休学して転地療養していた一九三六年当時、ラジオから流れる時雨音羽作詞・佐々紅華作曲の「君恋し」が大好きでした。

宵闇せまれば　悩みははてなし
みだるるこころに

うつるは誰がかげ……

おそらくいのちの夕方、宵闇の自分を意識していたのでしょう。ハンドバッグに入れていた「わが愛唱歌」何曲かの歌詞の中には第一番に「君恋し」がはいっていたと思いますけれど、それも人さまに献じてしまって。

一九六九年『列島をゆく』の取材で北海道稚内《わっかない》へまいりました時、セスナ機で利尻《りしり》島へ飛び、いくつかたという所で時雨音羽自筆の「出船」歌詞の碑をみて、初めて「君恋し」の詞が、北の暗さから生まれたものと知りました。思えばおびただしい歌、曲、どの土地のどんな魂にはぐくまれた歌なのでしょう。

若山牧水《ぼくすい》歌「白鳥《しらとり》の歌」は、私が「何か歌わなければならなくなった」時、今も大切に歌っています。若山喜志子選『若山牧水歌集』（岩波文庫）には開巻一頁の六首目に「白鳥の歌」が載っています。明治四十一年に出た第一歌集『海の聲』の収録です。早稲田大学を卒業したばかりの二十四歳の青年の歌でした。古関裕而《こせきゆうじ》作曲。

白鳥《しらとり》は　かなしからずや
空の青

海の青にも染まずただよう

大正十一年八月に、沼津で若山牧水邸を訪れられたという富田一草氏の詩文集『天』に、「小柄で、丸々としたお顔、愛嬌の顎髭、丸刈り頭、どこかに仙骨を帯びながら、その眼はまことに歌人らしい優しさを湛えて見えました」と「運命的な邂逅」が記されています。四十三歳で亡くなられたという牧水氏のご存命のお姿を初めて読みました。

次つぎと短歌、俳句、詩文の生まれる人の世。そして古く、新しく、変りなく歌われつづける音楽、私はこうした人間のいとなみが、人を静かに、あるいは切なく、あるいは激しく動かせてきたのを感じます。

あはれ見よ　またもこころはくるしみを
のがれむとして　歌にあまゆる

牧水短歌は、どれも「白鳥は」の曲で歌います。私も、歌にあまえる毎日です。

せつない願い

生まれ故郷を訪問するため、朝鮮民主主義人民共和国から成田へ到着された十二人の方がたのテレビをみていて、何ともせつない気持ちになりました。せつないという表現は、他の言い方が間に合わない煮つまった思いです。

以前、第一陣の方がたの帰国の時も、重いせつなさに、私は尊敬していたジャーナリストが、ふっと言われた言葉を憎み、許せない気持ちになりました。

その当時、肉親や親戚、友人の中でも面会にゆかない孤独なお姿が散見されていて、「日本社会の中の差別」を実感させられました。私は、さまざまなご苦労を経て、「ひと目」と帰ってみえた方がたに、この淋しさだけは感じさせない社会でありたかった……。

これは、私を含め全日本人の責任です。

今回も第二陣の名簿にはいっていた十五人の中から、日本国籍を離れている三人の方が日本側の意向で除外されて、いらっしゃれなかったのですってね。

「自分がもしその立場だったら」

どうしていつまでも差別意識が脱けないのでしょう。日本文化の祖、民族の源流、深い歴史につながる朝鮮民族に、日本の「併合」時代ひどい苦しみを強制し、なお担いつづけさせている無礼な社会です。

『一〇〇人の在日コリアン』（三五館）は「在日コリアンと日本人共生を願って」若一光司氏すすめの良知会が展開されたすばらしい記録です。

ご自分も三人にインタビューされた朴才瑛《パクチェヨン》氏からいただいて、お名前をあげるだけでわくわく。音楽家、作家、詩人、歴史家、考古学者、研究者そのほか、世間狭い私が直接お目にかかった方だけでも三十余人、優しく親しく教えていただいてきた方がた、心から信じ、尊敬する方がたが、ほかにも数え切れず日本社会の大きな宝でいて下さるのに、日本はいまだに、参政権なしのまま。

視野あらたに、正確に指摘される日常からのお声。ああ、またお逢いしたい、お話したい方ばかり。「在日」される人びとの人権確立こそわれわれ自身皆が解放される社会。せつなく願っています。

母の編み目

「おしゃれ工房」（ＮＨＫ教育番組）なんかを見ますと、この頃は伝承の編み目ばかりでなく自由な指編み、それに若い男性もどんどん毛糸編みをなさるようですね。母が不意に息をとめた夜、その夜具の下に編みかけの棒があって、できるだけ「仕事を」と編んでいた母を思いだしました。もう四十年も経ちますのに、母の編んだテーブル・クロスや花びん敷き、椅子の背もたせなど、そのまま使っています。ていねいでやさしく「お母ちゃん」と呼びたい編み目。

増田れい子著『母　住井すゑ』（海竜社）をみて、その装丁に「あ、これは住井先生の編み目や」と気がつきました。

「母の編み目の美しさは、子どもの私をうっとりさせるのに十分だった」

と増田さんは書いていらっしゃいます。

「母の編み目はまことに整然としていた。しかし冷たくない。適度にふっくらと一と目一と目が愛らしい花の列のように見えるやわらかな編み目であった」

と。その通りです。増田さんがお母さま愛用のひざかけを、この装丁になさらずにいられなかったお心がよくわかります。

当時の農民は差別されていました。すぐれた闘い理念に生きた犬《いぬ》田《た》卯《しげる》お父さま、その犬田さまを支えぬかれた今さらいうまでもない『橋のない川』長篇を次つぎと書きつづけられた住井すゑ先生の指先きが、毛糸にやわらかな呼吸でいらしたうれしさ、苦労は多かったにしても、ふつうの主婦であった母の編み目を思い重ねて、この一と目一と目編み目にこもる暮らしいのちのかなしさ。

牛久沼の横に抱撲舎を建てて多くの市民の学習の場になさり、ふるさと大和に密着の『橋のない川』いきいきと男の子女の子を書かれた先生、人間解放を願われた先生。

「これからは水平社宣言を皆で読みあうことが必要でしょう」と。

台所も洗濯もすべて熟練の大先生、九十五歳で逝かれた住井先生の、人間でなければ編めない心編み目を、私も文字で追いつづけます。

花湯の歌

大阪の町なかには、銭湯がありました。

旦那衆たちは朝湯の集りをたのしんでいたようで、幼い私を連れた母は昼下《さが》りの空《す》いた浴場にはいって遊ばせてくれました。隣りの男湯のほうからは、気持ち良さそうに浪花節や民謡ののどをきかせる声がしていました。女湯のほうでは、顔見知りの人がはいってくると、裸の膝を石の上にそろえ、手をついて、きっちりご挨拶していましたね。

各戸に浴槽を備えるようになって、それもどんどん西洋風の湯船となり、ほとんどシャワー化されているようで、七十年位前建築の古い民家わが家の浴槽は木。「古典じゃないの」とからかわれながら十九年前、新しい槇に替えました。

汗を流し、よごれを落とすのは清冽《せいれつ》な海流や水流で自然に気持ちいい気分を知ったのでしょうか。温泉を発見した猿たちが、うっとりぬくもっている様子をテレビで見ますが、温泉が病気に利くことは、物言わぬ獣や鳥がちゃんと知っていて、人はそれに学んだのでしょう。

この間、鳥取赤十字病院内科部長の徳永進先生が、入浴の時、あ、とか、おうとかいった工合にゆったり声とともに湯に漬かると、心も身体も安らぐといった意味のことを書いておられました。『死の中の笑み』（ゆみる出版）、『カルテの向うに』（新潮社）ほか、心にしみ入る著書いっぱいの先生で、それは日々むかっておられる患者さんとの人間的接触から生まれた、いわばいのちの詩なんです。

「わァ、徳永先生、やっぱり男性や。おふろで声だせるのん男の人やもん」

と、思いましたが、昔は昔、今はまた女性も広い公衆浴場で声が出せるようになっているのかもしれません。

「よおし、今夜はおふろへ漬かる時、ふうっと大きな声をだして、のんびり安らごう」

と、思いつきました。誰に遠慮が要るものか、ひとり者のひとり住まい。どうせさびしい時代だもの。

ちょうど、白く咲くカサブランカ（ユリ科）の花束をいただいて花瓶にさしていたのが、終りの一輪となっていました。いたんでしまった葉や茎を棄て、最後の一輪を白いコンポートに水を張って水面に浮かせていました。

「カサブランカさん、いっしょにはいってね」

たっぷりのお湯に、そっとその一輪を浮かせます。花はゆらゆら動きますが、大丈夫、お湯を汲んでも、こちらがお湯にはいってもきれいに咲いています。同じ声をだすんなら、そう、歌を歌いましょう。

お隣りにひびかないように窓をぴっちりしめて、お湯にからだを沈めて、ほおっと声を出しました。久しぶりに歌います。好きな歌を。思えば、歌いたい歌も、年齢とともに、時代とともに、人間関係や心身状況を映して、変わってくるんですよ。

ここ数年、若山牧水《ぼくすい》の短歌、古関裕而《こせきゆうじ》作曲の「白鳥《しらとり》の歌」が、私の歌いたい歌です。お湯のなかで歌うような内容ではありませんけれど、歌いました。心をこめて。

白鳥はかなしからずや
空の青
海の青にも染まずただよう

まあ、私の歌う息が湯の上の空気に流れを作るのでしょうか、白く浮かんでいるカサブランカの花の面が、すうっと近づいてくるんです。頬に頬を寄せるように。

花びらに肩ふれられ、腕をふれて、初めていっしょに湯にはいったカサブランカに感謝しました。この曲にのせて、もう一首。

幾山河越えさりゆかば
淋しさの
果《はて》なんくにぞ今日も旅ゆく

これまでにも、香り高い笹ゆりをはじめ椿、水仙、牡丹など、いろんな季節の花の落花直前、お湯に浮かせて入浴したことはたびたびありますが、こんなふうに歌ったことは、初めてでした。すっかりいい気分になっている私にくらべて、あくまで白く澄んだ花を、そおっと桶にとりあげて又、水に浮かべておきました。

できれば明日も、旅ゆこうと。

ともだちの力

「こないだの地震のこと、子どもたちが書いたのよ」

奥田富子編『あの瞬間・阪神大震災』(国土社)に、小さな人たちが敬愛している奥田先生に「聞いて！　知って！」と思う「その時」の実感が綴られていました。簡単な、けれども動き廻る状景ありありの絵も、描かれていました。

突然起こった一九九五年一月十七日早暁の激震に、何が何だかわからないうちに死んでしまった人びと、迫りくる火の手に焼かれた人びと。いたいけな幼児のからだをそっと抱くボランティアの報告に涙はとどまりません。

「原爆投下後の広島が思われます」

という被災者の声があって、一発の原子爆弾によって一瞬二〇万人ともいわれるいのちが消えた惨状を思いうかべました。それからの五〇年、なお被爆余症に苦しむ方がたがあります。

もし、あの激震地に原発施設があったら、その破壊が広く深くわたくしたちを流浪させ続けるでしょう。

地球の各地に、今日も飢え、殺されていく人間仲間、幼い人たちの悲惨な姿が報道されます。インドでは余りの暑熱に、今日はすでに四〇〇人の死者と報道されていました。いかに思っても何もできない、人は天災をどうすることもできない。そんな天災が地球の各地で洪水や地震、天候異変などと起こり続けていますのに、人間の努力によって超えなければならない、「戦争をしない」「殺さない」「憎まない」「差別しない」といったことが、まったく無くならないのです。どうすればいいのでしょう。あまりにも空《むな》しくて。

小さな時の自分を思いだします。

勉強より本が好き。ひとりで本を開いている間、退屈しませんでした。手をつないで幼稚園へかよった優しい男の子は、私と同じ頃やはり結核になって、親たちは「どちらが早く終わるか」と案じていたようです。その二人が今も無事に存命していて「いつまでも童子のつき合いを！」と話し合います。

いいですよ、小さな時のおともだち。

天災のあと、あるいは戦争のあと、民族対立や宗教の弾圧をのがれて放浪する列のなかでも「何が嬉しいか」ときかれると「ともだちに会うこと」の声がきかれます。小さな人の魂に学ぶのはおとな。それは、これからの人の世をどう在らしめるかの学びでしょう。

沖縄戦のあと、壕の奥で家族五体の骨を収骨した方の記事を見ました。

「小さい骨は大きい骨の上にあった。両親に抱かれていたのであろう。（中略）とても軽い骨だった」

とのこと。「遊ぶ」どころではなかった子どもたち。

アンゴラ政府と反勢力との内戦が、十九年も続く土地の子どもたちが、言っていました。まっくろにすすけた顔で。でも、「ともだち」という言葉を言う時、いい目をして。

「何にも要らない。戦争の無いところでともだちと遊びたいよ」

ほんとうに、世界中の子どもたちが魂安らぐともだちと喜び遊べるような平和な人類の一人でありたいのです。

今頃は半七っつぁん

それこそ、心にしみる「せりふ」は、幼い頃から思春期、青春期、昔の大阪で親に連れられて親しんだ文楽座の人形浄瑠璃や、歌舞伎の舞台で、いろいろと思い出される。

その当時、何かといえば「せりふ」が、日常の述懐にもよく使われていた。芝居好きの伯父など、靫《うつぼ》の海産物問屋の店へ帰ってくるのに、弁慶の六法《ろっぽう》を踏んで戻ってきたのを見たこともある。父は素人《しろうと》浄瑠璃に力を入れていたが、母がおよねという名なので、『伊賀越道中双六』に「およね、およね」と特に意識して声を張ったり、貞淑な母のひっそり貯めているお金をひきだそうとして「お前は『心中天の網島』のおさんやな」と持ちあげたりしていた。あ、また……とこちらはすぐ様子がわかるのに、母は「おさんみたいな女や」と言われるのが、まんざらいやでもなかったらしい。

女は女同士、相手憎しと思いながらも、さて憎み切れぬ情がある。いろんな人物を、「その心」になって語りながら、泣いていた父もあわれ。いや、やっぱり、女の子の私には、どなたも同じ思いに共感されているだろうけれど、『艶容女舞衣《あですがたおんなまいぎぬ》』に登場する若妻（形だけの女房で独寝）

のお園《その》が好きだった。

もう、きものが大好きで、それでも娘らしいきものしか着せてもらえない。娘から女房にならなければ着ることができない（当時）小紋のきもので、行灯に添うて「くりかえしたる独言」。

今頃は半七様《はんひっつぁん》、どこにどうしてござろうぞ。わしという者ないならば舅御様《しゅうとごさん》もお通《つう》にめんじ、子迄《こまで》なしたる三勝殿《さんかつどの》を、とくにも呼入《よびいれ》さしゃんしたら、半七様の身持も直り、御勘当《ごかんどう》も有《ある》まいに。思えば〳〵この園が、去年の秋の煩いにいっそ死《しん》でしもうたら、こうした難儀は出来まいもの。お気に入《いら》ぬとしりながら、未練な私が輪廻故《りんねゆえ》。添臥《そいぶし》は叶《かな》わずともお傍《そば》に居たいと辛抱して是まで居たのがお身の仇。今の思いにくらぶれば、一年前の此の園が死ぬる心がェ、マ付かなんだ。こらえてたべ半七様わしゃこのように思うている。

その振り、声の抑揚、ありありとせつない園のせりふは、三勝半七の間に生まれているお通の泣き声でおどろく。

戯曲そのものは、お決まり遊里の女に溺れた半七。しかし当時の男で、ひとりの女を愛した半七の、正式の女房となった女を抱かずにいた純粋さにはおどろく。いろんな俗信や占いも重なるようだが、そんなこみ入ったことは私にはよくわからなかった。むしろどうでも良かった。

何といっても、女ごころというか、人思う情が直接にひびくのは、

「今頃は半七様、どこにどうしてござろうぞ」

である。

「今頃は〇〇さん、どこにどうしてござろうぞ」

それは、どんなにか戦争が急迫した時代、多くの女の心にうずきつづけた声だ。戦争で「心中物」は上演禁止とされた。情愛よりも義理、それも天皇への忠義、積極的な肉弾三勇士などの死がもてはやされた時代だが、「どこへ征ったかわからない」「どんな状態かわからない」「生きてるのか死んでるのかさえわからない」……いとしい男を思い、子を思い、人を思ってくりかえしたせりふだ。

「今頃は……どこにどうしてござろうぞ」

能のたのしさ

今から思うと、それが何というお能だったのか、思い出せません。私が初めて能舞台を拝見したのは、数え年十九歳の時。へんでしょう、演目忘れて数え年だけ覚えているなんて。それはね、「どんなものかしら」と緊張してはいったふしぎな空間、四角い舞台の正面に描かれている老松の堂々たる重さ、荘厳感にしんと見守っていましたら、この舞台には幕が無く、向かって左の通路（橋掛《はしがかり》）の奥に垂れている布の横から、静かに紋付袴《もんつきはかま》の男性がさらりと出て、いつしか舞台の奥にちゃんとそれぞれの場（小鼓《こつづみ》は小鼓の、大鼓は大鼓の）を占めていました。

そして、ピィーッと一声、高く澄んだ笛の音《ね》が流れて、その「はじまり」が胸にしみたのです。何とも力のこもったりんりん気高い笛の音色、私はこの笛に魅せられてお能世界の深遠を、あこがれました。「私も横笛を習いたい」……とずいぶん長い間、思いつづけ、母にも頼みました。ところが大抵の希望は通してくれた母が、この件だけはうなずきませんでした。「あんたは呼吸器が弱いさかい、お笛は無理や」って。

好きな着物を着て、帯を胸高にしめて、その帯に横笛を懐剣のようにさしこみ、好きな所で好きな曲を吹く、「どんなにさびしくても、心を笛に吹けば、つらさまでが美しくひびくでしょう」と思ったのですが。

大阪の西横堀に生まれ育って、父は素人《しろうと》義太夫に凝《こ》り、近くの四《よ》つ橋《ばし》にあった文楽座へよく連れてゆかれました。親戚中が伝統芸能に親しみ、歌舞伎、落語まで、当時（戦前）の雰囲気を、よく覚えています。

「お能もええけど、狂言がまたええなあ」とセリフのはっきりわかる狂言を愛した父の声。能・狂言とひとくちに申しますように切り離せない舞台、それに、ほとんどの芸能を横につらぬく情愛が、お能にはさらにこの世あの世を含めて存在する真理が描かれています。

世阿弥《ぜあみ》創初の頃から今日までの刻々、その作品は、われわれの生きてきた人間劇でしょう。若い時、物問いたい時、「ここはどこ?」「私は何?」「人間って何?」とうめかずにいられないのですが、歴史も文化も時を超えて、自分のなかに在《あ》るんですね。

昨年一年間「能と花」という連載を『観世』（檜書店）に書かせてもらいました。「松──羽衣《はごろも》」「白梅──弱法師《よろぼし》」「雲珠桜《うずざくら》──鞍馬天狗《くらまてんぐ》」「かきつばた──杜若」「フタバアオイ──葵上《あおいのうえ》」「柳──遊行柳《ゆぎょうやなぎ》」「蓮──当麻《たいま》」「薄《すすき》──通小町《かよいこまち》」「柘榴《ざくろ》──雷電《らいでん》」「菊──恋重荷《こいのおもに》」「楓《かえで》──紅葉狩《もみじがり》」「ばせう──芭蕉」。植物のあらわれない謡曲なのでここで書けなかった『藤戸《ふじと》』を、一冊にする時はぜひとも書き足したいと、願っているところです。

お能・狂言の流派にもいろいろあって、またすばらしい演者、師匠がたくさんいらっしゃいます。とても書き切れないりっぱな研鑽《けんさん》の方がたです。時に作り物がそっと置かれていることもありますが、いつも同じ能舞台の趣き、シテ、ワキ、アイ、また地謡のおひとりおひとりが、精魂こめて物語を語られます。

謡う節、囃《はや》す呼吸、舞う動き……、特に私は橋掛を歩いて舞台へ出、またもとへ去ってゆかれるまで、演者が歩かれる一歩一歩に襟《えり》を正します。

ふだん何気なく歩いている自分が、どこまで大切に歩いていますものやら、お若いなかにも内容に密着した足のゆらめきが、音楽でした。琉球舞踊のすばらしい足の美学は、お能に学んだものといわれます。ひと足ひと足に意味があり、気品があるのです。

想像以上に多様な世界と驚異的な現実をぜひ味わっていただきたく、「能の真実に照らすたのしさ」をおすすめします。次つぎとまた問題を視る力、理解の可能性もつくられることでしょう。

私が最近読んだ能では、有名な免疫学者多田富雄氏の新作能『望恨歌《ぼうこんか》』に最も感銘しました。実演拝見を、期待しています。

本仲間の地域

いつ、どのような形で実行されたのかは、何も知らないで、たまたま「参議院五十周年・子ども国会――政治家になった二日間」というテレビを観る機会がありました。そしてこの場に集まった小学生、中学生、小さな人たちの発言の立派さに感動しました。

全部が収録されているわけではないでしょうし、何というお子がどういう性格で、どういう事情にあるのか、それは、もちろんわかりませんが、おとなに対して、社会に対して、未来に対して、真剣に考えて言いたい思いを語っていました。

自然の環境を大切に守る、老人や障害ある人びとと心を通じ合って仲よく遊ぶ、先生たちの影響はとても大きいから、一人一人はすべてまったくちがう子どもを理解してほしい。

自分の子ども時代を思いだして、はっきりと自分の意見を言うお子、補足意見を言うお子。「ストレートにいえば、何も賞めてもらうことがいいとは思わない。はっきりとまちがっていることは『あなたが悪いんですよ』と言って下さい」、「クラスの雰囲気を良くするためにも、他人の知らない自分をアピールしたい。自分のことをはっきり主張できる勇気をもちたい。自分がまわりを信じることが大切」……。

それにしても、この自然環境の荒廃に、あまりにも日常すべてに有害なものが多いことをりんりん、さわやかに追究する子どもの力。

小さな人たちこそ、さまざまな屈折に社会的自由を自ら失っているおとなたちより、するどく、正しく、真実を見ぬいていると思います。「これから」の未来、社会、世界を「どうしようとしているおとなたちなのか」が問われています。

よく参議院のなかで準国会が行われたこと。準というより純といいたい子ども国会でした。頼もしい美しい子どもたちの全身に、それぞれの個性と体質と、過去から未来への可能性がかがやいています。それは、たとえ病弱でも、不自由があっても、それがむしろ他にない魅力や迫力となることがあるのです。

小さな人たちは「だからこそ仲よく友だちになりたい。障害があっても同じクラスになって」と言います。自分が人に理解されるうれしさ、助けられるうれしさ、また、自分も困難をもつ友を支え、ともに新しい自分を創るたのしさが、ほしいのです。

戦前の小学校教育では、図書館活動はあまりなかったように思います。お小づかいをもらうとただ手あたり任せに本を求めて、病床で読んでいる子でした。それでも、本があったおかげで、読めたおかげで私は心豊かに、退屈を知らずに成長しました。

この頃は市民に開かれた図書館が各地に生まれ、地域の中心となっています。

「那覇市の移動図書館『青空号』走り続けて二十年」という記事には、二十年前から三千冊を収納する移動図書館青空号が、市内の団地、病院、公民館など二十六カ所を月二回の割合で巡っているとあります。

若いお母さんも小・中学生、まだよちよち歩きの小さな子どもまで、目を輝かせて本を探し、本を見ているのですって。子育ての終ったお母さん、何か深めたい方がたも、たのしみに貸し出しを選んでいます。

それぞれのくふうで、みんながいっしょに本を読むセンターを。

「読書週間」という声がかからなくても、本と人とは心の仲間です。

人と人とはいのちの仲間。いいたくても言い切れない矛盾、毒素増えるばかりの悲しみを、すばらしい子どもさんたちの仲間に入れてもらって精気を学びたく思っています。

魑《ち》魅《み》魍《もう》魎《りょう》の、今

いろんな人が次つぎとあらわれて生き継いできた人類の世界各地。ふしぎとしか言いようのない縁で日本とされる大阪に生まれた私は、少女の頃から、歴史が好きでした。ろくに読みのくだらない当時の『古事記』や『日本書紀』など、ルビをたどって面倒な一行を読むと、遠い物語がすこしずつ近くなるような気がして、いろんな幻想を描いたものです。

学校の教科書ではまったくおしえられなかった神々のむつかしいむつかしい神名。あれは、『古事記』や『日本書紀』の書き手が、それまで伝承されてきた口伝《くでん》の内容を字にしたものだといいますけれど、字にしても、意味にしても、表現にしても「よくまあ、ここまで多様な名を……」と感動させられます。とてもとても書き切れない神名。

その中で大阪は浪速潟《なにわがた》といわれ、大阪府の代表花を「葦《あし》」としているほど、河口の葦いっぱい生えていた風景が実感として視えてくるような土地でした。その混沌とした泥土にするどく角《つの》ぐみ伸びてくる葦の芽の勢いこそ、「宇麻志阿斯訶備比古遅神《うましあしかびひこぢのかみ》」とされた生成の気ではなかったでしょうか。「うまし」と讃えられる尊い力。

いのちいきれ、とでもいいたいような葦牙《あしかび》がいっせいに芽ぶくいちめんの葦原。生きよう、伸びよう、育とう、繁ろうとする太古の海辺を思いますと、民衆ひとりひとりがせいいっぱい生きていく姿が、そこに重なります。

その葦牙の成長力に魅せられて、十八年前に出版した小著に『あしかびのいのち』という書名をつけてもらいました。今日、久しぶりに『古事記』の記述に確かめたいことがあって、初めから読み直して、神々の生成のところにさしかかりますと、これまで馴染んでいた神の名の間に、見過ごしていた「水戸神《みなとの》」の名がありました。

註には「河口を掌る神」とあります。

「水戸神、名は速秋津日子《はやあきづひこ》神、次に妹速秋津比売《はやあきづひめ》の神を生みき」

その日子神と比売神とは河、海を分担しているんですね。数え切れない神々のすべてにそれぞれが担当される大役があって、天地万象ことごとくに想像もできない現象が抱かれているわけです。

魑魅魍魎《ちみもうりょう》といってきました。

魑魅は山林の異気から生じるという怪物で、魍魎は、水の神、山川の精、木石の怪……さまざまの化け物、すだまを指すようです。四文字すべてに鬼が基本になっているのですもの、人間業では解明できない恐怖の境だったのではないでしょうか。天然自然の動きに、全部ふしぎな何かの指令を感じたのでしょうね。

それは、文明の科学化学の力、宇宙遊泳を可能にしている今日でも同じことでしょう。

私に、沖縄の守り神シーサー像を贈って下さった嶋袋《しまぶくろ》浩様（ラジオ沖縄社長）が、そのシーサー宛におハガキを下さいました。りっぱなシーサーのそばにおハガキを置いて、涙ぐまずにはいられませんでした。

ヤマトには魑魅魍魎がバッコしている。苦労はうちなぁ（沖縄）だけではないのだ。ともあれ君は耳を傾け、世の深さ、広さを知るとよい。ジンブン（知恵）とテーゲー精神（なるようになる）をもってグイと頭をもたげ立ち向かえ。そして伊都子ネーネーを守ること。やよ！
忘しんなよ——

このりりしい獅子の置物シーサーに守られている私なのですが、その私自身が魔物なんです。

「魑魅魍魎の退散には、掃除が効く」と教えられました。深く、心身を掃除します。

私の力ではどうにもできない原子鬼、核鬼あふれる今の今を。

あとがき

さきに『思いこもる品々』を美しく出版して下さった藤原書店に、「岡部伊都子随筆集」の第二、『京色《きょういろ》のなかで』を編んでいただきました。前著をごらん下さった方がたからのありがたいお便り、「これは藤原良雄様のお目にかけなければ」……と思いながら、次々と仕事と安静とに日が経ってしまって、今日は、もう二〇〇一年二月十三日になってしまいました。

何も彼も人さま任せ。校正を下さったのでぼつぼつ目を励まして見ていますと、短文の多い私の悩み、発表の場所がちがいますと少しでも自己紹介を入れていますので、よくご存じの方、まとめてお読み下さる方々に申しわけなく存じます。

「塔の面影」の項に、一九九八年九月の台風七号で五層の軒先を壊された室生寺《むろうじ》の五重塔をかなしんでいます。あの惨害のあと、室生寺での集まりに参加いたしましたのに、私は塔修繕のそばへ登る力もなく、ひとり寝せてもらっていました。

初めて見上げた時以来、何かと涙になる塔のそばに寝《やす》ませてもらいながら、心も、からだも辛いことでした。いつ、その修復ができるのかと案じていましたら、二〇〇〇年七月七日に「みごとに完成した」という記事が、すばらしい写真とともに新聞にのっていて、安堵しました。

「被害以来、全国から励ましの電話や浄財が寄せられました」と、執事さんがおっしゃっていましたが、いつの、どこの、何の傷みも、こうした民衆の支え、愛の念願でよみがえってゆくのでしょう。屋根のふき替えには檜《ひのき》約五百本分の檜皮《ひわだ》、柱はベンガラと朱土《しゅど》を調合して塗り替えられていますとか。時代を超えて、ていねいなお職方の美のこころをありがたく思います。

また「堂内の息吹に抱かれて」に書かせてもらった東寺講堂も手厚く手入れされています。建物にも、諸体にも、尽きせぬ配慮が大切で、次の瞬間を守る、今がまごころなのでしょう。

私は、大阪、神戸、京都を移り住んで、また仕事で各地を旅させていただきました。土地土地の気象、現象、それもその時の状況ですけれども、ああ、こんなに違うのか……と改めて不思議に思うことが多くありました。

二〇〇一年一月五日から八日まで、沖縄へ連れていっていただきましたが、毎日二十度。鮮やかな亜熱帯《あねったい》の冬から京へ戻ったとたん、また日常すべての光線が「京色《きょういろ》」です。

「何色」と決めるわけにはゆかない、「静かな暗さ」とでも申しましょうか、もう五年も前に表現した「京色」という形容が、私の実感でした。なかなか、わかっていただき難《にく》いものと、半ばあきらめておりましたら、何と、この本に『京色のなかで』と題をつけて下さいました。藤原社長はお手紙で「岡部さんらしくていいタイトル」ですって。「あー、わかってくれはったんや」と、うれしくなりました。

　毎日のように地震が感じられ、インド西部大地震なんてすさまじい大惨害に、どうする力も無い者は胸痛むばかり。そこへまた二〇〇一年二月十日の朝、ハワイ沖で「宇和島水産高校のマグロはえ縄実習船〝えひめ丸〟が、突然浮上してきた米原子力潜水艦〝グリーンビル〟と衝突」というニュース。

　第一報を聴くとすぐ、「これは潜水艦の責任」と思いました。〝えひめ丸〟（四九九トン、大西尚生船長ら三十五人乗組）、〝グリーンビル〟（六〇八〇トン、約百三十人乗組）。

　〝えひめ丸〟は沈没し二十六人が救命いかだに救助されホノルルの沿岸警備隊の基地に運ばれたが、九人が行方不明ということ。暗闇の海上でも、ずっと探索が続けられているようですが、これは大変な事故です。

　十三人の高校生のご家族、乗組船員のご家族を思う切なさ。緊急突如浮上というのは米国海軍潜水艦の演習だったといいますが、ほんとうに「ハイテクの固まり」のような原子力潜水艦が、なぜ、すぐ上にいる漁業実習船に、気がつかなかったのでしょうか、なぜ連絡がとれなかったのでしょうか。

私は携帯電話を持ちませんが、勝手な使いようで人為的汚染、混迷がみられるようです。文明とはいっても、不要なもの、マイナス要因の大きなものは、人間性を守るために排除してほしいと願っています。

このたびも、尊敬する知己の方がたのことがはいっています。私よりも深く私を知り、理解して下さっている高林寛子様のお手を通り、高林様に連れていっていただいた藤原書店の社長ご夫妻、スタッフ皆様のおせわになりました。編集部山崎優子様の細やかなお力ぞえ、感謝あるのみです。ありがとうございます。

二〇〇一年二月十三日

岡部伊都子

初出一覧

藍、永遠に　『美しいキモノ』一九九五年夏号
尽きせぬ展開を　『木版更紗　景山雅史』パンフレット、一九九五年九月
京のきもの舞台　『きものサロン』一九九六年春号
桜を愛しむ／久しぶりの和装／帯のコート／母の花菖蒲柄／浴衣――和装の原点／着心地、人心地／絞りの春／母の希み　以上、『西陣グラフ』一九九八年四月号～一九九九年三月号
西陣帯のせかい　『京を織る――西陣帯に見る京都』一九九九年五月
桜によせて『美しいキモノ』二〇〇〇年春号
夏支度　『別冊太陽』二〇〇〇年夏号
雛の茶道具／この世清浄に／蓮の花に抱かれる茶葉／お茶粥の思い出／若いお力／茶の白い花　以上、『茶の間』一九九八年三～十一月号
歓喜ダンゴ／ツルちゃんのお米／立雛模様の奥　『大法輪』一九九九年八月号、二〇〇〇年三月号、五月号
感謝の糧　『味の味』一九九五年十二月
どくだみ讃歌　『一枚の絵』（別冊、六二号）一九九七年
沖縄の豆腐餻　『味の味』二〇〇〇年二月号
喜びのお酒を、どうぞ　『醸界春秋』一九九九年十一月十五日

京色のなかで　『市民しんぶん』一九九六年二月一日
烈しい光と清冽な原色　『一枚の絵』一九九六年三月
京の色絵　『家庭画報』一九九九年九月
北山しぐれ　『京都新聞』（夕刊）一九九九年二月二日
堂内の息吹に抱かれて　『散華』一九九六年二月

心呼吸する庭の空間　『旅に出たら寄ってみたい庭三〇』一九九七年三月
みほとけの道をたずねて　『心花抄』一九九七年
伎芸天女／みかえり阿弥陀　以上、『大法輪』（特集）一九九七年十一月
百済観音を仰いで　『法隆寺の四季と行事』一九九五年
塔の面影　『潮』一九九九年二月号
解放の名園　『真宗』二〇〇〇年一月号
自然を大切にして　『旅』（ＪＴＢ）一九九八年八月号
人間愛で手をつなぐ　『ラジオ深夜便』二〇〇〇年一、二月号

慟哭のお力にうたれて　『水上勉全集』（第一六巻付録、中央公論社）一九九七年一月
『のの字』の「の」から　『一冊の本』（朝日新聞社）一九九六年六月
和子――日常の霊性　『鶴見和子曼荼羅』第七巻（藤原書店）一九九八年
庶民の力、平和の笑い　『落語百選』（麻生芳伸編、筑摩書房）一九九九年
みんなの老い　『松下竜一　その仕事　ありふれた老い』（河出書房新社）一九九九年七月
つながれたまま／見出しの文字／ユーレイの絵／夢も田原の草枕／あけぼの・大阪／あはれ見よ　以上、『大法輪』一九九六年三月号～一九九九年十一月号
せつない願い／母の編み目　以上、『新社会』一九九八年二月十七日、三月三日
花湯の歌　『楽しいわが家』一九九五年七月
ともだちの力　『ないおん』一九九五年八月
今頃は半七っつぁん　『上方芸能』一九九六年十二月
能のたのしさ　『ＮＨＫ日本の伝統芸能』二〇〇〇年
本仲間の地域　『楽しい我が家』（全国信用金庫協会）一九九七年十月号
魑魅魍魎の、今　『月刊みと』一九九九年九月号

著者紹介

岡部伊都子（おかべ・いつこ）
1923年大阪に生まれる。随筆家。相愛高等女学校を病気のため中途退学。1954年より執筆活動に入り、1956年に『おむすびの味』（創元社）を刊行。美術、伝統、自然、歴史などにこまやかな視線を注ぐと同時に、戦争、沖縄、差別、環境問題などに鋭く言及する。
著書に『岡部伊都子集』（全５巻、岩波書店、1996年）『水平へのあこがれ』（明石書店、1998年）『こころ　花あかり』（海竜社、1998年）『思いこもる品々』（藤原書店、2000年）など百十余冊。

EYE LOVE EYE

京色のなかで

2001年３月30日　初版第１刷発行©

著　者　岡部伊都子
発行者　藤原良雄
発行所　株式会社藤原書店
〒162-0041　東京都新宿区早稲田鶴巻町523
電話　03（5272）0301
FAX　03（5272）0450
振替　00160-4-17013
印刷　白陽舎　製本　河上製本

落丁本・乱丁本はお取替えいたします
定価はカバーに表示してあります
Printed in Japan
ISBN4-89434-226-X

「岡部伊都子随筆集」第一弾

推薦・水上勉／鶴見俊輔／落合恵子

思いこもる品々

岡部伊都子

好評を博した『岡部伊都子集』（全五巻、岩波書店、一九九六年）以後――魂こもる珠玉の随筆の集成。

「おむすびから平和へ、その観察と思索のあとを、随筆集大成をとおして見わたすことができる。」（鶴見俊輔氏評）

Ａ５変上製　二一六頁　**二八〇〇円**
（二〇〇〇年一一月刊）
◇4-89434-210-3

文化大革命の日々の真実

中国医師の娘が見た文革

（旧満洲と文化大革命を超えて）

張　鑫鳳（チャン・シンフォン）

「文革」によって人々は何を得て、何を失い、日々の暮らしはどう変わったのか。文革の嵐のなか、差別と困窮の日々を送った父と娘。日本留学という父の夢を叶えた娘がいま初めて、誰も語らなかった文革の日々の真実を語る。

四六上製　三一二頁　**二八〇〇円**
（二〇〇〇年二月刊）
◇4-89434-167-0

民族とは、いのちとは、愛とは

愛することは待つことよ

（二十一世紀へのメッセージ）

森崎和江

日本植民地下の朝鮮で育った罪の思いを超えるべく、自己を問い続ける筆者と、韓国動乱後に戦災孤児院「愛光園」を創設、その後は、知的障害者らと歩む金任順《キムイムスン》。そのふたりが、民族とは、いのちとは、愛とは何かと問いかける。

四六上製　二二四頁　**一九〇〇円**
（一九九九年一〇月刊）
◇4-89434-151-4

日本人になりたかった男

ピーチ・ブロッサムへ

（英国貴族軍人が変体仮名で綴る千の恋文）

葉月奈津・若林尚司

世界大戦に引き裂かれる「日本人になりたかった男」と大和撫子。柳行李の中から偶然見つかった、英国貴族軍人アーサーが日本に残る妻にあてた千通の手紙から、二つの世界大戦と「分断家族」の悲劇を描くノンフィクション。

四六上製　二七二頁　**二四〇〇円**
（一九九八年七月刊）
◇4-89434-106-9

三井家を創ったのは女だった

三井家の女たち

〔殊法と鈍翁〕

永畑道子

三井家が商の道に踏みだした草創期に、夫・高俊を支え、三井の商家としての思想の根本を形づくった殊法、彼女の思想を忠実に受け継ぎ、江戸・明治から現代に至る激動の時代に三井を支えてきた女たち男たちの姿を描く。

四六上製　二一六頁　**一八〇〇円**
（一九九九年二月刊）
◇4-89434-124-7

日本女性史のバイブル

恋と革命の歴史

永畑道子

〝恋愛〟の視点からこの一五〇年の近代日本社会を鮮烈に描く。晶子と鉄幹／野枝と大杉／須磨子と抱月／スガと秋水／らいてうと博史／白蓮と竜介／時雨と於菟吉／秋子と武郎／ローザとヨギヘスほか、まっすぐに歴史を駆け抜けた女と男三百余名の情熱の群像。

四六上製　三六〇頁　**二八〇〇円**
（一九九七年九月刊）
◇4-89434-078-X

透谷没後百年記念出版

雙蝶

〔透谷の自殺〕

永畑道子

大ジャーナリスト徳富蘇峰の回想を通して、明治文学界の若き志士、北村透谷の実像に迫る。透谷を師と仰ぐ藤村。何が透谷を自殺に追い込んだか？　作家永畑道子が、一〇年の取材をもとに一気に書き下した、通説を覆す迫真の歴史小説。

四六上製　二四四頁　**一九四二円**
（一九九四年五月刊）
◇4-938661-93-4

玄洋社の生みの親は女だった

凜　りん

〔近代日本の女魁・高場乱〕

永畑道子

舞台は幕末から明治。幼少より父から男として育てられた女医高場乱《おさむ》は、西郷の死を心から悼む。興志塾（のちの玄洋社）を開き、頭山満ら青春さ中の男たちに日本の進路を学問を通して吹き込む乱。近代日本の幕開けをリードした玄洋社がアジアに見たものは？

四六上製　二四八頁　**二〇〇〇円**
（一九九七年三月刊）
◇4-89434-063-1

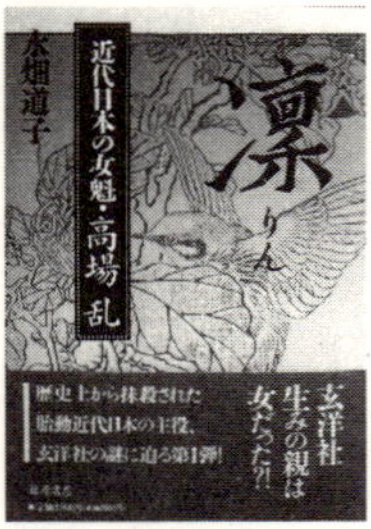